Shenqi De Silu Minjian

神奇的丝路民间故事

匈牙利
民间故事

XIONGYALI MINJIAN GUSHI

丛书主编　姜永仁

本册主编　宋　霞

时代出版传媒股份有限公司
安徽文艺出版社

图书在版编目（CIP）数据

匈牙利民间故事/宋霞本册主编. —合肥：安徽文艺出版社，
2018.1（2022.10重印）

（神奇的丝路民间故事/姜永仁主编）

ISBN 978-7-5396-6220-6

Ⅰ．①匈… Ⅱ．①宋… Ⅲ．①民间故事－作品集－匈牙利
Ⅳ．①I515.73

中国版本图书馆 CIP 数据核字 (2017) 第 243100 号

出版人：朱寒冬　　　　　　　　出版统筹：周　康　李　芳
责任编辑：宋潇婧　曾柱柱　　　　装帧设计：徐　睿
....
出版发行：时代出版传媒股份有限公司　www.press-mart.com
　　　　　安徽文艺出版社　www.awpub.com
地　　址：合肥市翡翠路 1118 号　邮政编码：230071
印　　制：合肥市华丰印务有限公司
....
开本：880×1230　1/32　印张：6.5　字数：140 千字
版次：2018 年 1 月第 1 版　2022 年 10 月第 2 次印刷
定价：38.00 元
....

总　序

青少年朋友们,大家好!

安徽文艺出版社为了配合"一带一路"倡议的实施,决定出版一套《神奇的丝路民间故事》丛书,并邀请我担任这套丛书的主编,这使我激动不已。一方面是因为我年逾古稀还有机会为"一带一路"倡议的实施贡献出自己的一份力量,另一方面是因为我能为祖国的未来——青少年朋友的成长做一件有益的事情。为此,我毅然决定接受邀请,出任该套丛书的主编。

2013 年,习近平主席在访问哈萨克斯坦和印度尼西亚期间,先后提出共同建设"丝绸之路经济带"和"21 世纪海上丝绸之路"的倡议。这一倡议是希望通过政策沟通、设施联通、贸易畅通、资金融通、民心相通,使沿线国家乃至世界各国能够共享我国改革开放经济发展的成果,是一项共商、共建、共享的战略设计。截至目前,已经有100 多个国家和国际组织参加到"一带一路"建设中来,纷纷将本国的发展计划与"一带一路"建设计划对接。

安徽文艺出版社策划出版的《神奇的丝路民间故事》丛书正是在这种形势下应运而生。它的问世是落实"一带一路"倡议的需求,是我国与"一带一路"沿线国家人民实现民心相通的需求。它的出版,必将有助于我国与"一带一路"沿线国家人民加深了解、增强互信。

《神奇的丝路民间故事》丛书包括丝路沿线的俄罗斯、匈牙利、印度尼西亚、泰国、缅甸、越南、柬埔寨、老挝、菲律宾、马来西亚、伊朗、巴基斯坦等国家的民间故事。这些国家的民间故事情节动人,形象逼真,寓意深刻,有益于青少年的成长。

青少年是国家的未来,是祖国的希望,是建设国家的栋梁,肩负着实现中国梦的重任,任重而道远,只有多读书,读好书,增加知识,增长才干,才能不负众望,才能不辱使命,为实现中华民族伟大复兴的中国梦而贡献力量。

安徽文艺出版社编辑出版的《神奇的丝路民间故事》丛书恰逢其时,值得青少年朋友一读。

姜永仁

于北京大学博雅德园寓所

2017 年 10 月

前　言

　　匈牙利位于喀尔巴阡山盆地，马扎尔民族于896年定居这块土地。作为一个从东方来的民族，他们的文化与整个欧洲都不相同。在他们的民间故事中，也能找到一些我们熟悉的东方元素。

　　匈牙利的民间故事不仅仅是文学作品，更是匈牙利农民的"大学"。作为一种口述文学，里面少不了神奇元素。这些神奇元素与早期匈牙利民族生活的环境和宗教信仰密不可分。匈牙利民族定居欧洲之前，在漫长的迁徙历程中曾经与多个民族接触、交融，包括斯拉夫民族、突厥民族等等，因此它的民族文化也受到其他民族的影响，其中又以阿尔泰语系游牧民族文化的影响最为深刻。匈牙利民间故事中的许多神奇元素、由神奇元素构成的母题，在我国一些游牧民族的民间文学中也很常见。随着时代的变迁，匈牙利的民间故事发生了变化，在各种不同的故事中，它的文化内涵也具有各个不同时代的特征。比如王子和公主的神奇故事产生于匈牙利接受基督教之前，它们主要讲述一个英雄获得超越自然的力量后,打败敌人,克服艰险而拯救被恶龙抢走的公主,最终获得幸福的故事。匈牙利伟大的国王之———马加什国王,有关他的故事产生于匈牙利文艺复兴时期,以民众的想象讲述马加什国王微服私访时与普通民众之间发生的故事。另外还有动物故事,一般以动物故事中的动物喻人,以幽默的方式反映人与人之间的关系。匈牙利民间故事宣扬了匈牙利民族所公认的美德:草原社会里的骁勇善战,基督教社会里的乐于助人、热情好客,马加什国王时期的公平与正义,动物故事中的明辨是非、审时度势等。

匈牙利民间故事是匈牙利传统文化的重要组成部分。随着时代的变迁,匈牙利民间故事、民族文化也不断发展变化,但匈牙利人民世代传承的民族精神,匈牙利民族对美好生活、崇高美德的追求是亘古不变的。

目 录

百 合 姑 娘

很久很久以前,世界的另一端住着一位品德高尚的国王。这个国家,不管从事什么行业的人,都无比爱戴他,都甘愿为他奉献生命。他到现在还没有成婚,国家的大臣们希望他快快娶妻,因为国王需要有个像他一样伟大的子嗣,像他一样伟大的继承者。这件事情让他很苦恼,他日思夜想,到底怎么做才能娶到一个妻子呢?

国王有一位年迈的朋友,国王非常喜欢他,所以也经常去找他请教。这位朋友住在森林里,是一位猎人,但实际上,他是一位皇亲国戚。他本可以像富人一样活着,但那不是他想要的生活,于是就搬进了森林里的一间小屋,像一个穷人一样活着。

当国王听到下属的愿望时,国王就向猎人寻求建议。猎人给国王一枝迷迭香,跟他说:"如果你遇到命中注定的姑娘,这枝迷迭香会弯曲,你一定要娶了她,她就是你的妻子。"于是,国王把国家的姑娘都集中到自己的宫殿里。宫殿里各色的姑娘都有,每个姑娘旁都有一个士兵。士兵的任务是把姑娘们的名字从桌子上的珍珠里挑出来,放到迷迭香面前,如果迷迭香在某个姑娘前弯曲了,那她就可以拥有这颗珍珠;如果迷迭香一直不弯曲,那士兵就拿着令牌离开。当她们排队坐着等候时,国王来了,手里拿着迷迭香。他自始至终地拿着迷迭香站在姑娘们的前面,但是迷迭香始终没有弯曲。第二天,王宫里来了一批女孩,她们比前面那一批更漂亮,但是迷迭香依旧没有任何变化。第三天还是同样的结果。那现在能怎么办呢?他沉思着,到底去哪里找到自己命中注定的另一半呢?

渐渐地,夜晚来临,他看到有东西从窗口进来,落在了迷迭香上,那东西跟迷迭香聊天:"我对这国王心怀感恩,因为他两次救我于鹰爪之下。"这是一只可爱的小鸟,"现在是我回报国王的时候了,我可以把他带到那位能让你弯曲的姑娘面前。那姑娘在仙女园里。我来这里就是想告诉你,你明天带着国王前去,我在你们的上空飞行,你们只需要看着我,跟着我走就行。"国王在一旁将这些话听得清清楚楚,因为胡思乱想,他没法入眠。等天一亮,他就早早地出发了。迷迭香在他前面,鸟则飞在他们上空。

他们三个在路上走啊走啊,路上遇到了一条腿的神马,它呻吟得厉害。

"你怎么了?"国王问道,"你为什么叫得这么惨?"

"我身体的左侧插着一支箭,已经一年多了,我从来没有遇到过一个好心人,能够帮我拔出来。射这支箭的是一个可怕的巫婆,她想伤害我的主人。"神马回答道。

"我帮你拔出来。"国王说,然后他抓住那支银箭,把它从马的左肩胛骨里拔了出来。原本可怕的伤口没一会就痊愈了,受伤的地方就像从来没有受过伤一样。神马谢过国王,对他说:"我知道你为什么在路上。你要找的人非常遥远,你坐到我背上来,我带你去找你的妻子。"

国王跨上马背,像闪电一样一下子飞上了天空,迷迭香一直在他的前面,小鸟一直飞在他的上面。

他们穿过高山,经过河谷,来到了一座玻璃城堡前,里面传来一声声恐怖的尖叫。

"我要去救那个人,不管那个人是谁。"国王边说边走进了那座玻璃城堡。他看到一个玻璃人在大声喊叫,一只大黄蜂不停地叮咬着他的胃。

"你是谁? 你是干吗的?"玻璃人问。

"我是一位外面来的国王,想去仙女城堡寻找妻子。你是谁?"

"我是这座城堡的国王。"

"你怎么了? 为什么叫得那么凄惨?"外来的国王问。

"这只大黄蜂想要啄食我的胃。"

"你不能逃开它吗?"

"逃不开。只要这只大黄蜂的妈妈,也就是那只大蜘蛛还活着,我就要一直遭受这样的痛苦。任何武器都弄不死它。我的一匹神马也是被它弄伤的。"玻璃城堡的国王回答道。

"我能看看那只大蜘蛛吗?"外来的国王问。

"它马上就来了,你盯着那玻璃沙发看,我的妻子就坐在那里,她穿着玫瑰衣裳。那只大蜘蛛每个小时都会去她那里结网,它走后,就会有一只小荆棘鸟来这里建窝。一分钟后,那只大蜘蛛就会来了。"

只听到轰隆一声,外来的国王往阁楼一看,一只可怕的大蜘蛛正在往下爬。国王握紧手中的剑,朝着蜘蛛刺过去,开始战斗。但是他一直够不到那只大蜘蛛,因为它的两只前腿总能抵挡国王的剑。这只大蜘蛛设法攻击国王,但是神马带着国王跳进了玻璃房子,在玻璃房子里飞檐走壁,然后找准角度跳到了蜘蛛的背上。黄蜂看到它的母亲处在危险之中,用尽一切力气飞离玻璃国王,要去帮助自己的母亲。神马发现了大黄蜂的动机,对着玻璃国王大叫一声,让他抓住大黄蜂的嘴,不要让它离开自己的身体,但是玻璃国王抓不住。外来的国王抓住大黄蜂的一只脚,然后在大蜘蛛旁砍死了大黄蜂。于是,两只可怕的虫子都被他杀死了。

两只虫子都死了之后,玻璃国王马上变成了一个非常英俊的人,他英俊得让人不敢相信世界上居然有能和他相配的妻子;而他的妻子也变成了非常美丽的人,玫瑰在她身上璀璨地盛开。小荆

棘鸟也变成了一位美丽的姑娘。玻璃城堡变成了金城堡。曾经的玻璃国王向这位外来的国王致谢,然后向他讲述整个故事:

"这座城堡一直是我的,它也一直是你现在看到的样子。城堡的下面有一座棚屋,里面住着一个巫婆。巫婆有个女儿,巫婆本想把自己的女儿嫁给我为妻,但是我不需要。我从仙女城堡里娶了我的妻子,哪怕给我整个世界我也不会放弃她。这个巫婆因为记恨我,把我变成了玻璃人,把自己的女儿变成了大黄蜂,一直粘在我的身上。巫婆自己变成了一只大蜘蛛,用大蜘蛛网困住我的妻子。女佣则被变成了一只荆棘鸟,把我妻子身上的蜘蛛网啄走,好让巫婆继续捆住她。但是这之前她得先杀掉我的神马,你从神马身上拔出了那支箭,让它脱离了痛苦。你告诉我,你想让我回报你什么呢?"

"什么都不用。"外来的国王回答道,"你只要告诉我,仙女城堡还远不远?我要去那里娶妻。"

"离这里已经不是很远了,一会儿让我的神马带着你去。"国王回答说。

于是外来的国王骑上神马奔驰了半个小时。迷迭香在前,小鸟在国王头上飞行。当他们抵达的时候,整个仙女城堡都挂着吊丧的麻布。

"这是怎么了?"国王问。

仙女们回答说:"因为仙女女王的姐妹,也就是最美丽的那个姑娘,变成一朵百合花了。"国王请求那些仙女带他前去百合花那里。仙女们为他领路,迷迭香还是在他前面,但是走得飞快。到达百合花前,迷迭香突然停住,然后朝着地面弯了下去,那只可爱的鸟落到百合花上。百合花摇身一变,变成了一位极其美丽的姑娘,能配得上她的伴侣可能找上千万个国家都不一定有。国王走上前,向她求婚,祈求她至死都和自己在一起。第二天,他们就回家了,路上又经过了他曾经拯救的国王的城堡,那里住着女王的姐妹。他们受到了很好的招待,就在这里举行了盛大的婚宴。

晨 曦 王 子

很久很久以前,在海洋的另一面有一个国王,他有三个儿子和三个女儿。国王年纪很大,一只脚已经跨入了棺材。到快死的那一天,他对自己的儿子们说:"儿子们,你们要把自己的姐妹嫁给最早来求亲的人,然后你们就去森林里保护那棵大铁杉树。但要是某天晚上你们去迟了,绝对不要在树下过夜。"没多久,老国王就去世了,把王位传给了小儿子。有一天晚上,大家在一起吃饭,一个人的声音从窗外传来:"把最大的女儿给我为妻吧!"国王的儿子们为了完成父亲的遗命,立马从窗户里把大女儿送了出去。第二天晚上,窗外的人又讨要了二女儿,他们把二女儿送了出去。第三天晚上,窗外的人又向他们讨要最小的女儿,他们又把最小的女儿从窗户塞了出去。最后就剩下了儿子们自己。

一天,他们进森林去打猎,需要过夜,然后他们来到了那棵父亲禁止过夜的大铁杉树下。他们想起父亲说的话,但也想知道父亲禁止他们这么做的原因。他们因为特别累,都躺了下来,留下最大的那个儿子守夜。篝火熊熊燃烧,大儿子坐在一旁看着。突然,他看到有个东西在吃火,定睛一看,他发现了一条长着三个头的龙。他拿着剑去和龙斗争,最后赢了龙,把龙埋在了树下的一个洞里。早上,他的两个兄弟醒来,对晚上发生的事情一无所知,哥哥也只字未提。

过了一段时间,他们又去森林里打猎,又在那棵树下留到了深夜。这次二儿子负责守夜,其他两个睡觉。他手中拿着剑来回走动,突然看到有什么东西在吃火焰,然后,他看到一条六头龙。他立马拿着剑刺向龙,双方缠斗许久,最后王子杀死了龙,把龙埋在了树下。早晨,其他兄弟起床了,他们对夜晚发生的事情毫不知情。

又过了一段时间后,他们又在树下过夜,这次轮到小儿子守夜。他拿着剑巡逻的时候发现有东西在吃火,他立马起身,看到一条九头龙。他立马拿起剑刺向龙,双方缠斗许久,最后王子战胜了龙,也用和哥哥同样的方式把龙埋在了树下。

他想,他应该去找点火苗回来。他看到一个地方有亮光在闪烁,那是夜晚和晨曦在打架。他问他们打架的原因。"我们打架,"晨曦回答说,"是因为我想起床了,但是夜晚不让。"王子从马裤上割下几条绳子,把他们捆到一棵树上。

他拿起小火苗就往回走,快要到哥哥们睡觉的地方的时候,火苗灭了。他决定再出发去找火。

他在森林里四处寻找,只看到一个地方燃着熊熊火焰,他顺着火光走过去,看到三个巨人躺在火的四周。他跨过一个巨人,赶紧拿起几块煤石。正当他想跨回去的时候,一个小火星掉到了一个巨人的背上。

巨人立马抓住王子,对另外一个巨人说:"你们看,我抓到一只蚊子!"

另一个说:"我们把他烤了吃了吧!"

王子恳求巨人不要伤害他,于是第三个巨人说:"如果我们说什么,你就做什么,那我们就不伤害你。"

王子答应了,只要求他们松开他。最大的那个巨人就说:"喏,你听着,有个国王有三个女儿,我们试过很多次把他们的女儿夺来,但是没成功,因为那里有一只鸡和一只狗,那狗一下就能闻到陌生的气味,于是狂吠。如果你能把那三个公主抢来,或者能去杀了狗和鸡,那你就可以自由地离开了。"

王子回应道:"好!我去做这件事,你们给我一捆麻线,我拿住它的一头,你们其中一个拿着另一头,如果我在另一头拽了一下,那你们就赶紧过来。"

王子走啊走,终于抵达城堡前,但是城堡前有一大片水域,他根本无法靠近城堡。他拽了拽麻线头,出现了一个巨人,巨人把一棵树放倒在水面上,王子踩着树走进了城堡。鸡和狗都没有听到王子的声音,因为恰好风就从王子进来的入口吹来。他先进了大公主的房间,看到大公主睡在一张铜床上,他走过去摘下大公主手上的金戒指,套到了自己的手指上。他又走啊走,走进了第二个房间,看到二公主睡在一张银床上,他走过去摘下二公主手上的金戒指,套到了自己的手指上。他又走啊走,走进了第三个房间,看到小公主睡在一张金床上,他走过去摘下小公主手上的金戒指。但小公主太美了,他对她一见钟情。他立刻想要打败那些巨人。于是他拽了拽麻线头,立马出现了一个巨人。巨人太大了,进门的时候需要低下头,但头卡在了门框里。这时,王子立马冲上去砍下了巨人的脑袋,然后把他的身体藏在了一个角落。王子又拽了拽麻线头,立马出现了第二个巨人,王子立马砍下了他的脑袋,把他的身体藏在了另一个角落。王子又拽了拽麻线头,立马出现了第三个巨人,像另外两个巨人一样,他也被王子杀死了。

　　这时候该做什么呢?王子想到自己把晨曦和夜晚绑在了一起,他立马赶回去给他们松绑,然后天就亮了。接着他回到了他哥哥们睡觉的树下,把他们叫醒。一个哥哥说:"哎呀,弟弟,这个夜晚好漫长啊!"最小的王子说:"的确很长,亲爱的哥哥。"于是他们起身,准备上路。

　　最小的王子对两个哥哥说:"我们回去赶紧成家吧。我知道有三个漂亮的公主。"他们走啊走,穿越了七个国家,甚至跨越了海洋,终于抵达了三个公主居住的城市。最小的王子对两个哥哥说:"你们先留在这里,我进去请三位公主。"两个哥哥在外面等着,最

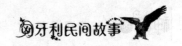

小的王子进去找到了国王住的城堡。他在城堡的大门前,有人问他:"你找谁?"他说:"我找国王。我要向三位公主求婚,请她们嫁给我们兄弟三个。"

"不行。"那个人说,"这里有一个鼓,你打一下鼓,我们就会提一个问题。如果你不能回答,哪怕你有一千个灵魂,你也得死。"王子打了鼓,他们就问了一些关于那些巨人的问题,那些巨人已经被最小的王子杀死,王子一个字一个字地回答他们的问题,并且承认,巨人是他杀死的。

这时候,国王说:"你从我女儿中挑选一个吧。"他立马把他的两个兄弟带到了三位公主面前。他当然娶了最小的公主。三兄弟与三位公主举办了盛大的婚宴。公主的父亲,也就是国王,因为没有儿子,所以把王位给了最小的王子,国王希望能和他们一起生活。最小的王子想回到原来父亲所在的国家,这样的话,得把妻子也带走。老国王说:"别带她走,你只要一出了这个国家,别人就会抢走她的。"但因为他的妻子也想一同离开,所以他们还是在四十个骑兵的守卫下上路了。当他们跨出国境的时候,突然就有人把王后从车里抢走了。国王立马赶回去告诉了老国王这件事,并说,只要找不到王后,他的内心就不会宁静。他问老国王,究竟那些人会把自己的妻子带到哪儿去。

"你要去找白国,不可能在白国以外的国家。"

国王随后就起程了,他穿过了七个国家,直到抵达了一个城堡。国王走进去,看到了他的大姐姐,他问:"你是住在这里吗?"

"当然住在这里,"大姐姐回答道,"我的丈夫是一条有四个头的龙。"

一会龙回来了,他问:"你好,小兄弟,你来做什么?"

"我在找白国,兄弟能否告诉我它在哪里?"

"我不知道。"龙回答道,"也许我的动物兄弟们听说过。"龙叫来他的动物兄弟们,但谁也没听说过白国的大名。

国王接着上路了,他又穿过了七个国家,直到抵达了一个城堡,他看到了二姐姐,她的丈夫是一条有八个头的龙。龙问:"你来做什么?"

"我在找白国,兄弟能否告诉我它在哪里?"

"我不知道。"龙回答道,"也许我的动物兄弟们听说过。"龙叫来他的动物兄弟们,但谁也没听说过白国的大名。

国王又上路了,他非常忧伤,他再次穿过了七个国家,直到抵达了一个城堡。他走进去,看到他最小的妹妹在读书,她的丈夫是一条有十二个头的龙。

龙问:"你来做什么?"

"我在找白国,你听说过吗? 你或许知道它在哪里。"

"我不知道。"龙回答道,"也许我的动物兄弟们听说过。"龙叫来他的动物兄弟们,但谁也没听说过白国的大名。

当大家都快散去的时候,一只瘸腿的狼缓缓走了出来,他问

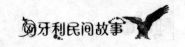

龙："你没听说过白国？怎么可能？我的腿就是在那里抓羊的时候被弄断的。"

"哎呀，"龙赶紧说，"那你把国王领到那里去，你能得到好几只羊作为回报。"

"我不去，"瘸腿的狼说，"你给我三大群羊我也不去。但我会陪他到白国的边境。"

说完，狼就得到了一只羊作为奖赏。国王吃得饱饱的，然后和狼一起上路了。他们穿过了七个国家，直到狼带他抵达了一个小山顶，狼说："国王，那里就是白国，去吧，我马上就回去了。"

他俩就此告别。国王走啊走，穿过了一个大城市，坐在一条小河边休息。那条小河非常神奇，人们只要喝了它的水，马上就会精神抖擞。国王突然看到他的妻子拿着罐子来取水，他们立马认出了彼此，相拥在一起亲吻。

"亲爱的妻子，"国王说，"我是为了你才来到这里，我现在能把你带走吗？"

"我不能一下子跟你走。"他的妻子说，"因为把我从你身边抢走的白勇士有一匹神马，骑上的人想去哪里就能马上抵达。如果我现在跟你走，白勇士肯定一下就追上我们，那我们两个都会死。这里住着一位老太太，她有三个女儿，三个女儿是马的样子，你去给她们做车夫，不要报酬，她们有一匹小马、一个神奇的马鞍和一条缰绳。等小马长大了，你就骑着它走，当作报酬。因为她们的马走得快,白勇士的马也是从那里来的。"

于是国王去找那位老太太。国王遇到一条小鱼,小鱼对他说:"把我放到湖里去吧,国王! 行好事会有好报的。"于是国王把小鱼放进了水里。小鱼给了他一个口哨,并对他说:"如果你发生任何事,就吹这个口哨,我会立马出现来帮你的。"国王把哨子收进了口袋,然后走啊走啊,又遇到了一只蚂蚁正在和苍蝇打架。"国王快来救我!"蚂蚁对国王说,"行好事会有好报的。"国王保护了蚂蚁,蚂蚁给了他一个口哨:"如果你发生任何事,就吹这个口哨,我会立马出现来帮你的。"他把哨子收进了口袋,然后走啊走啊,遇到了一只瘸腿的狐狸。"国王啊,"狐狸对他说,"帮我找来上好的草药敷在我脚上吧! 行好事会有好报的。"国王给狐狸找来草药,敷在了它腿上。狐狸给国王一个口哨:"如果你发生任何事,就吹这个口哨,我会立马出现来帮你的。"他把哨子收进了口袋,然后走啊走啊,终于找到了妻子要他寻找的那位老太太。

他上前打招呼:"晚上好,老太太!"

"晚上好!"老太太说,"你是为何而来?"

"我是想找一个差事,我听说老太太您这里需要一位车夫。"

"我是要一个车夫。"老太太说,"你要做这差事? 已经有九十九个人因为没能胜任,被我刺死了。如果你做不来的话,将会是第一百个。"国王申请做车夫一年,但是那时候一年就只有三天。晚上老太太做了好梦汤招待国王,然后把他送去了马棚。国王因为非常劳累，一闭上眼就入睡了。他醒过来的时候发现已经黎明了，但是那些马都不见了。该怎么办？国王立马想到小鱼给了他一个哨子，他吹了哨子，小鱼就出现了。"你怎么了？"小鱼问。

"我的马丢了。"

"别难过，跟我来。"

他们一起走啊走，小鱼把国王带到一个湖边，湖里有三条金鱼。小鱼说："这就是你的三匹马，你把缰绳拿来套上，然后坐上去。"

他拿来缰绳套上，然后坐上回去了。

"年轻人，你在家吗？"老妇人问。"在家，老太太。"这时候老太太走进马棚，手里拿着铁叉，马却出现在不该出现的地方。"你们是爱上这个车夫了吗？"老太太问。

"妈妈，你有所不知啊……"马儿们对老太太说了经过。

第二天，老太太又把国王送去看马，国王给马儿们上了脚镣，然后睡下了。等早上醒来的时候，马儿不见了。国王四处找了一遍，但是没有找着，他想到蚂蚁给过他一个哨子，便拿出来吹了一下，蚂蚁就出现在他面前。"你怎么了？"蚂蚁问。

"我的马过了一晚上又不见了，我哪儿也找不着。"

"别傻站着了，我们去湖边找一个蚁窝，里面会爬出来三只血红色的蚂蚁，那就是你的马。你往她们头上套住缰绳，她们就会马上变成马，你就坐上回家去。"

老太太又来了。"年轻人在家吗?""在家。"她又走进马棚,马儿们躲躲藏藏,对老太太说:"他比您知道得更多。"

又过了一晚上,老太太给国王做了好梦汤,把他送进了马棚。这之前她对马儿们说:"你们早点回家藏好自己。"国王躺下很快就睡着了,早上起来的时候马不见了。他四处找了一遍,但是没找到,他想到狐狸给过他一个哨子,吹了一下,狐狸马上出现在他面前:"你怎么了,我亲爱的国王?"

"唉,我的马不见了,哪儿都找不到。"

狐狸说:"她们三个现在在一起,变成了鸡蛋,就在老妇人坐的凳子下面的篮子里。但现在老太太的金公鸡和金母鸡在一旁护着。我会趁老太太出去的时候解决那两只鸡,你就直接进房间,往鸡蛋上套缰绳,她们就会马上变成马。"

他们来到了老太太的房子,狐狸跳上了房子里的长条凳,掐死了母鸡和公鸡。老太太突然出现要吓走狐狸:"死狐狸! 狗会喝光你的血!"

国王立马走进房子找到鸡蛋,往鸡蛋上套了缰绳,鸡蛋立马变成了马。老太太进屋看鸡蛋,但什么也没有了。她摇了摇头。

第二天她找来国王,对他说:"年轻人,一年时间过去了,你忠诚地完成了自己的任务,你有什么想要的?"

"我不想要别的,我只想要那匹瘦弱的小马驹,就是昨天一匹马生下来的。还有桌上有一条神奇的马鞍和缰绳,我就要这些。"

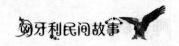

"就给你这些吗？不如我给你钱吧，你要多少？"

"不，我只需要这些。"

最后老太太不情愿地给了国王这些东西。国王背上小马驹，因为小马驹什么都还驮不动，然后带上马鞍和缰绳出发了。

入夜了，小马驹说："主人请让我回家吧，我要回去吃奶，明天早上我会回来的。"于是小马驹回去喝奶了。国王躺下睡了。第二天早上，小马驹回来的时候踢了踢他的脚，对他说："主人，我们走吧。"

他们走啊走啊，又入夜了，小马驹说："主人请让我回家吧，我要回去吃奶，明天早上我会回来的。"于是他放小马驹回家，自己躺下睡了。早上，小马驹回来的时候踢了踢他的脚，对他说："主人，我们走吧。"他还是把小马驹扛到自己背上。小马驹说："亲爱的主人，现在不用背我了，我可以驮着你走了。"国王立刻上了马鞍，坐了上去。小马驹行得像风一样快，他们到了国王第一次和妻子见面的水边。小马驹喝了一点水，国王也喝了一点水，他的妻子又带着罐子来了。这时候他说："我的妻呀，这就是我去服侍老太太换来的马。你坐上去，我也坐上去，然后我们就离开。"

他们坐上马的时候，小马驹问："你们想怎么走，是想像风一样，还是跟着想法走？"

"你做决定。"国王说。于是他们离开了。

白勇士的马突然又踢又叫，白勇士出去问："你怎么了？狗崽子们吃你的血了?"

"有人把那位漂亮的小姐带走了,"白勇士的马说,"用一匹小马驹带走的。"

白勇士立即跳到了马背上,他们行驶的速度就像思想一样快,当就要赶上国王他们的时候,白勇士说:"你快对那马说站住,你说!"白勇士的马对着小马驹嘶鸣了,但是小马驹却回应道:"我会等你的,如果只是你来的话。"

白勇士的马立刻加速,白勇士却从马背上掉了下去摔死了。小马驹等到了那匹马,国王坐上了白勇士的马,他的妻子还是留在小马驹背上,他们回家了。

国王很高兴找到了妻子,把她带回了自己的国度,并举办了盛宴。那时候妻子的父亲老国王已经去世了,所以国王和妻子留在自己的王国里生活着。如果他们没死的话,现在还高兴地活着呢。

微笑的苹果

从前有一位年轻的国王,有一天晚上,他的鼻子闻到了特别香的苹果味道,他对仆人说:"如果不能把这个苹果带来的话,我就把你吊死。"

仆人骑着马穿过了七个国家,追寻着苹果的香气,终于来到一个院子,院子里就种着散发美好气味的苹果。他把马拴到一旁,走过了栅栏。正好从树上掉下两个苹果,一个老人赶紧用手接住,收了起来。仆人对老人说,自己想给国王带回两个苹果,如果不带回去的话自己就会被吊死。老人对他说:"你跟我来,我有一个上了年纪的老婆,我得先询问她的意见,到底是给你还是不给。"仆人没有进屋,就在院子里待着。老人家进去跟妻子说了这件事,但是他老婆把他狠狠骂了一顿。

老人家有三个女儿,大女儿说:"为什么不能给国王两个苹果呢? 不然这样也行,让国王娶了我,这样的话,我就用一小撮麻织一个大帐篷,所有士兵都容得下。"

二女儿说:"如果国王娶了我的话,我就用一粒大麦烤出大面包,所有士兵都能吃饱。"

三女儿说:"如果国王娶了我的话,我就给他生两个金头发的孩子,一个额头上有星星,另一个额头上有太阳,两个人的手臂上都有金环。"

仆人在外面听到了他们的话,全部记了下来。老人从里面走出来,给了他两个苹果,仆人骑上马回家了。

当仆人回到自己的国家时,他把苹果献给了国王。国王没有吃完苹果,只是咬了一口,就笑了起来。国王把剩下的苹果放入自己的口袋,左右各一个,然后出门去打猎了。国王受不住苹果的香味,又咬了一口,然后又微笑起来。仆人随即向国王汇报了自己在老人庭院里听到他们一家说的话。正当他汇报的时候,国王看向他,同时终止了打猎,转头去了那种苹果的老人家里。当他们到那里的时候,国王对大女儿说:"你说的是真的吗? 如果我娶你的话,你用一小撮麻织一个大帐篷,我所有的士兵都能容得下?"

那姑娘说:"是真的。"

然后他对二女儿说:"你说过用一粒大麦烤出大面包,我所有士兵都能吃饱,对吗?"

二女儿说:"是的,是我说的。"

他问小女儿:"你说过,如果我娶你的话,你就生两个金头发的孩子,一个额头上有星星,一个额头上有太阳,两个人的手臂上都

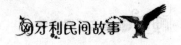

有金环?"

小女儿说:"是的,是我。"于是国王拥抱了她,并娶她为妻。他把她带回了城堡结婚,不久后她就怀了宝宝,但是国王那时候却不得不带兵出征。他们彼此告别,国王就走了。

国王的宫廷里有一个老女人,她有一个女儿,曾经非常想嫁给国王。当王后生产那天,老女人出现,对王后说,他们这里生产需要孕妇坐在长凳上,于是王后在长凳上生下了两个金头发的孩子。老女人在底下接住小孩,用叶子裹住,抱走了他们。她把一个孩子埋在大门旁边的树下,另一个孩子埋在对面那棵树下。老女人用两只狗替换了他们,她给国王写信,说他的妻子并没有生下两个金发的孩子,而是两只狗。国王回来后对他的妻子又打又骂,而她不停地呼唤上帝。

一天,王后出去,经过大门旁两个儿子被埋的地方,她向上天祈祷,于是化成了一根盐柱。国王娶了老女人的女儿为妻,并且生了两个孩子。有一天,国王在窗口看着大门口的两棵金色梨树,觉得长得好,但又不知道为什么。老女人看到后,立马懂了,两个金头发的孩子都长大了。树越长越大,越长越高,甚至国外的人都能看到这两棵树。老女人觉得不能无所作为,她怕自己因此丢了脑袋,于是向国王建议砍了那两棵梨树。老女人让自己女儿假装得病,借此对国王说,用金色梨树枝干搭成的床可以治好自己女儿的病。国王看到自己的妻子病得快死了,于是问她得了什么病,她呜咽了一声，对国王说："我梦到你砍了金梨树给我做床，如果我躺上去的话，我的病立马就好了。"国王说："不是说你不值得我这么做，只是我不会为了世界上任何一个女人砍掉金梨树，因为我非常爱它们。"

国王第二天就去打猎了，他离开宫廷后，老女人立马砍掉了一棵金色的梨树，并做成了一张木床让自己的女儿躺了上去。国王得知后非常难过，难过的同时他砍了第二棵金梨树，给自己做了一张床。他们晚上躺在床上，静静地睡到天明。

突然，王后躺的那张床对另一张床说："重吗，我的兄弟？"

另一张床回答："不重，我就像得了新生一样，因为爸爸躺在用我做的床上。"他也问另一张床，"你那里重吗？"

另一张床回答说："不那么重，但是如果那个杀人犯的女儿还要在我身上躺一个小时的话，我就该去死了。"

老女人并没有睡着，她听到了两张床的谈话。等国王出门打猎的时候，她立马把两张床砍了，扔进了火里。火熊熊燃烧，其中一块煤滚到了地上，被一只老山羊吃了进去，怀了孕。老山羊产崽的时候正好在厨房里，它生下了两只漂亮的金色毛的小山羊。国王非常喜爱它们，把它们放在离自己很近的一个房间。老女人依旧没有安心，等国王出门打猎的时候，她立马走进房间杀死那两只金色毛的小山羊。庭院里的两个侍从去小溪边洗用小山羊肉做的香肠，但因为粗心弄丢了一根香肠，正好一只乌鸦经过，吃了进去。

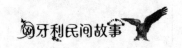

乌鸦飞过大海,经过七十七个国家,来到一个小岛,它在那里有自己的小巢。乌鸦在那里生下了两枚乌鸦蛋。当蛋孵好的时候,乌鸦震惊了,因为从里面出来了两个金头发的孩子,一个额头上有星星,另一个额头上有太阳,两个人的手臂上都有金环。乌鸦把他们送到学校去,让在岛上定居多年的隐士教了他们七年的知识。到第七年的时候,乌鸦对两个孩子说:"我这里已经不能再留你们了,你们去找自己的父亲吧! 他是一个大国王,你们在他身边会更好。"

叮嘱完他们后,乌鸦飞在他们前面,两个男孩跟着乌鸦,来到了父亲的城堡前。乌鸦教他们好好打扮自己,然后自己回到了小岛。

两个男孩来到了国王面前,国王问他们在找什么,他们说出了一切,因为乌鸦告诉了他们一切。他们说老女人把他们埋在树底下,他们长成了两棵金色的梨树。然后他们去了大门的盐柱旁。国王非常难过,他下令用野生的小马驹撕分了老女人的身体。

儿 童 故 事

从前,有一个贫穷的人,他有三个儿子和一只山羊。他对大儿子说:"儿子啊,你赶着羊去找膝盖那么高的草,找桩子那么深的水,必须要让羊吃饱喝饱。"

晚上,儿子把羊赶回家,他问:"你找到那个地方没?"

"找到了。"

"我亲爱的小羊羔,你吃了没?喝了没?"他问他的山羊。

"我没吃,也没喝,我又饿又渴。"山羊回答道。

于是,那个人就把儿子打了一顿。

他对二儿子说:"儿子啊,你赶着羊去找膝盖那么高的草,找桩子那么深的水,必须要让羊吃饱喝饱。"

晚上,儿子把羊赶回家,那个人问山羊:"你吃了没?喝了没?"

"我没吃,也没喝,我又饿又渴。"山羊回答道。

于是,那个人就把二儿子也打了一顿。

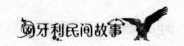

他对第三个儿子说:"儿子啊,你赶着羊去找膝盖那么高的草,找桩子那么深的水,必须要让羊吃饱喝饱。"

晚上,儿子把羊赶回家,那个人问山羊:"你吃了没?喝了没?"

"我没吃,也没喝,我又饿又渴。"山羊回答道。

他立马从儿子身边抓过来山羊,打算把羊皮扒了,还没扒到一半,羊突然跳了起来,跑到外面的草原上,躲到了一只狐狸洞里。晚上,狐狸回去的时候不敢进洞,它在洞口悄悄看着。狼过来问:"你在干吗呢,狐狸兄弟?"

"哎呀,是狼兄弟呀。"狐狸说道,"我家里有个东西,我进不去。"

"什么东西?我去帮你赶走。"

狼问:"你是谁?"

"是我,是我。我是一只被剥了一半皮的羊,我会用重重的蹄子和尖锐的羊角撞死你。"

狼也不敢走进洞里去把羊赶走。

没一会来了一只鹿:"狐狸兄弟,你在干吗呢?"

狐狸说道:"我家里有个东西,我进不去。"

"什么东西?我去帮你赶走。"

鹿问:"你是谁?"

"是我,是我。我是一只被剥了一半皮的羊,我会用重重的蹄子和尖锐的羊角撞死你。"

鹿也不敢走进洞里去把羊赶走。

没一会来了一只兔子:"狐狸兄弟,你在干吗呢?"

狐狸说道:"我家里有个东西,我进不去。"

"什么东西? 我去帮你赶走。"

兔子问:"你是谁?"

"是我,是我。我是一只被剥了一半皮的羊,我会用重重的蹄子和尖锐的羊角撞死你。"

兔子也不敢走进洞里去把羊赶走。

没一会来了一只刺毛猪:"狐狸兄弟,你在干吗呢?"

狐狸说道:"我家里有个东西,我进不去。"

"什么东西? 我去帮你赶走。"

刺毛猪问:"你是谁?"

"是我,是我。我是一只被剥了一半皮的羊,我会用重重的蹄子和尖锐的羊角撞死你。"

山羊说完后,刺毛猪拱进了狐狸洞里,山羊用脱了皮的蹄子踢到了猪的刺毛,疼得跳出了狐狸洞,其他动物把它围住,分了它的肉吃,狐狸则吃了山羊的内脏。

过了一段时间后,狼对狐狸说:"嗨! 我想吃东西了。我们就把我们中名字最难听的那个吃了吧。狼·波尔卡什,好名字! 狐狸·博卡,好名字! 鹿·勃兹,好名字! 兔子·布尔,好名字! 刺

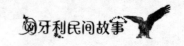

毛猪,这名字不好听。"于是它们把刺毛猪吃了。

又过了一段时间,狼又对狐狸说:"嗨!我想吃东西了。我们就把我们中名字最难听的那个吃了吧。狼·波尔卡什,好名字!狐狸·博卡,好名字!鹿·勃兹,好名字!兔子·布尔,这名字不好听。"于是它们把兔子吃了,接着又吃了鹿,这之后就没什么能吃的了。

一天,狐狸抓到了一只山羊,它坐到山羊身上吃它的内脏。狼看到后问:"你在吃什么,狐狸兄弟?"

"我在吃我自己的肠子,你也把自己的肚子咬了,像我一样。"

狼立马就把自己的肚子咬了,然后就死了。于是,狼也成了狐狸的食物。

通 天 树

很久很久以前,在隔着七十七个国家和三重玻璃山的地方有一位国王。国王有一位非常美丽的女儿,来向公主求婚的小伙子络绎不绝,但是公主一个都没有说上话,她的父亲没有将她许配给任何人。因为他不希望自己的女儿跟别的人说话。王宫里有一个漂亮的花园,花园里有一棵大树,那这棵树有多大呢? 它大得直至天空。

公主非常想嫁人,她的父亲却不允许。国王想,如果自己的女儿嫁人了,那么自己再也不能在美丽的花园里看到她了。当他走进花园的时候会坐到一条长凳上,环顾四周的美好环境,有树,有鸟在叽叽喳喳地为他鸣叫,他的女儿也一直在花园里。这些小伙子来来去去地追求她,都是徒劳的,公主不敢和任何人说话。

一天,国王在花园里的树下散步,一阵狂风袭来,把所有东西都卷入了风内。整个花园都被这阵风毁了,花花草草全部被它带走,而且,这阵风把他的女儿也卷了去,公主消失了。当这阵风停下的时候,国王在花园里里外外地找了一遍,但是哪儿也找不着自己的女儿。

他向全国发布通告,要是谁能带回自己的女儿,他就把自己的女儿嫁给他,并给他半个王国。所有的小伙子都来了,有王子、伯爵,但是谁都找不到公主。那后来又发生了什么呢?王宫里有一个小猪倌,他每天就负责喂猪。当他正在赶猪的时候,一只小猪崽滚到他前面,对这个小伙子说:"你听着,"它说,"国王的女儿丢了,谁也不知道她去哪里了。她的女儿现在在天上的树顶上,在第九十九根树枝上,是一条长着九个脑袋的龙抢走她的。"它接着说,"你听好,你现在就起床出发。"小猪崽继续嘱咐,"你知道你要做什么吗?你去找国王,让他砍一头牛,用它做七双鞋子和七件衣服,然后你再出发,这样你就能在天上的树顶上找到公主了。"

小猪倌想了想,又想了想,最终还是去了国王那里。国王因为丢了女儿的缘故,非常悲伤,但当小猪倌进去向国王问安,并告诉国王自己来的目的的时候,国王却哈哈大笑,他觉得这个穷苦的小伙子根本不知道要去做什么。

"什么?你去找公主?你们几个人?"国王问。国王身边还有一个蠢蛋,他对小猪倌说:"你说什么,蠢瓜?"

国王说:"现在已经来了那么多达官贵人,还有各种各样的能人异士,他们都不能找到公主,你这个普通的小伙子又怎么可能找得到呢?"

　　小猪倌伤心地走出了王宫,但是小猪崽又一次拱到了他面前,对他说:"你去请求国王,你告诉他,如果你能爬上树的话,你就会很开心。你让他给你做七双鞋和七件衣服。"

　　第二天,小伙子又去了国王那里,他再次对国王说出自己来的目的。国王对他说:"我不会破坏你的好心情。"他说,"我让人去杀一头牛,给你做七双鞋和七件衣服。但如果你回来的时候——"他说,"如果你回来的时候把衣服弄成了七十七块碎片,却不能带回我的女儿的话,我就会摘掉你的脑袋!"

　　说完,他让人杀了一头牛,给小猪倌做了七双鞋子和七件衣服。一切都准备好以后,小猪倌手抓一把斧头,然后出发了。他顺着树干爬啊爬啊,当他抵达一根树枝的时候,他的第一双鞋已经被磨破了,水都已经能渗进去了。他感叹自己怎么有这样的胆量,担心自己会不会到达目的地。

　　他还是继续往上爬。终于到七件衣服和七双鞋子都磨破的时候,他抵达了一根又长又粗的树枝。他肚子贴着树枝不断往上爬,害怕自己滑下来。当他一路爬啊爬,爬到树顶的时候,"我的上帝哪,"他说,"不要抛弃我!"

　　终于,他抵达了天上的世界。他走啊走,走到了一座宫殿前,他抬头看着,心想,这宫殿到底有多少扇窗户啊!这些窗户真明亮!可是老天啊,他该怎么进这座宫殿呢?正当他原地打转,不知该怎么进去的时候,他打开了其中一扇窗。他爬进窗户,国王的女

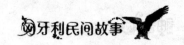

儿也看到了他,朝他走来:"这位弟弟,你怎么会来到这里的?"

"别问了,"他说,"我来这里就是为了你呀。你赶紧收拾行李,我们回去!回你爸爸身边去。"

"唉,你还是别说了。"公主说,"我不能回去,这里有一条九个头的龙,如果我想逃跑的话,我就活不了了。你也赶紧藏起来,龙马上要回来了,如果它看到你的话,肯定会把你撕成碎片的。"

小伙子说:"我哪儿也不藏,你就说我是来服侍你的仆人。"

龙没一会就回来了,他怒气冲冲地对公主说:"哪里来的人的气息?"

公主回答:"是我的仆人来了。他要在这里服侍我。在家的时候,他就是我的仆人,他现在来到这里,就是要继续做我的仆人。"

龙说:"那好,那他在哪里?让他现在出来。"

小猪倌出现在龙的面前,龙说:"现在你有个重大的任务,如果你服从我的话,那你就能留下来。"

"我有什么任务呢?"小猪倌问。

龙说:"你去马棚里,里面有两匹马,你给它们吃,给它们喝,你的任务就是这个。"

行吧,小伙子谢过了龙,去了马棚里开始做自己的事情。一天,小伙子非常难过,马儿突然开始跟他讲话,它说:"你为啥难过啊?"小伙子只顾着把燕麦和干草拿到马面前,但是马不吃也不喝,只是对他说:"你要是能点燃草堆的话,我会为了你做一切,让你把公主带回她父亲身边。"

小伙子很高兴,他思忖着,现在正是公主准备去教堂的时间,估计已经出发了。所以就在那个时候,他点燃了草堆,制造了一场大火,但是火烧起来没多久,就被龙舔得干干净净。小伙子试了第二次,试了第三次,都没有成功。

一天龙不在家,小伙子喂饱了马后,马对他说:"你知道龙的力量是什么吗? 当它回家的时候,一只野猪就会跑到森林里去,野猪的脑袋里有一只兔子,兔子的脑袋里有一只鸽子,鸽子的脑袋里有一只盒子,盒子里有一群黄蜂,如果你能把这些黄蜂弄死的话,那么龙所有的力量就都失去了,你也就能打败龙了。"

等龙回来后,它把小伙子叫到跟前,让他跟着自己一块去地窖里玩耍一下。等他们下到地窖的时候,他们就开始喝红酒。他们喝得酩酊大醉,龙没一会就昏睡了过去。小伙子想,现在正是好时机,应该趁机砍掉它所有的脑袋。但是他又想,自己没办法在不惊动龙的情况下砍掉它的头,把它吵醒了肯定会杀了自己。最好是让它躺在这里,自己先跟马一起去找那只野猪,然后杀死它生命的来源。他一边想,龙却醒了过来。龙看到小猪倌手里拿着工具,正打算牵着马出去。

龙问:"你打算去哪儿?"

"我啊……哪儿……也不去。"

"你是想把工具拿到哪儿去吧?"龙问。

"我啊,不是,我没想去哪儿。"他开始否认,但是他意识到,这一切都是徒劳的。所以他立马改口:"也不是不想去哪儿,我就是想把事情整理一下。"

小猪倌说着就跑出了地窖,找到公主,告诉她自己想做的事情。公主被吓了一跳,对他说:"你别这么做,亲爱的,你什么都别做,因为你会在这里丧命的,龙会杀了你。"

又没过几天,龙出门去打猎。小猪倌等着龙出去的时候,立马准备好所有武器,骑上马去了森林。一到森林,他就看到了那只野猪,他让马追上了野猪。马本身有五条腿,所以马用第五条腿狠狠地踢野猪,野猪倒在地上,没一会脑袋里面就滚出来一只兔子,从兔子脑袋里又滚出来一两样东西,最后大黄蜂滚了出来,马把大黄蜂踩死了,然后对小猪倌说:"我的小主人,你现在应该可以把公主接回家了。"

他们把事情处理好后,小伙子就骑着马回家了,他看到龙瘫在花园的正中央。龙说:"我的仆人啊,你来这里是为了服侍公主的,但是现在看上去你好像是要了我的命,但是没关系啊,"龙接着说,"求你放过我,让我继续活下去!求你放过我,不要砍我的头!"

小伙子可不管这么多,他挥刀砍下了龙的所有脑袋,然后走进房间,对公主说了一下目前的情形。他忘了马儿会帮助他们回地面,他那时候想着,上帝啊,我和公主怎样才能从树上慢慢滑回地面哪。他慢慢走回马棚,马问他:"你伤心什么呢?你现在的情绪好忧伤。"

"我不知道怎么回家。"

"你现在就把行李都准备好,只要你们想回去了,你们就可以回去了。"

于是小猪倌和公主准备好行李,坐到马背上,二十四小时都不到,他们就回到了国王的花园。老国王走了出来,当他看到自己女儿的时候,喜极而泣,不知如何欢迎他们的回归。最后他给了这个小伙子半个王国,并让他娶了自己的女儿。他们举办了盛大的婚礼,过上了幸福的生活。

教堂塔楼的公牛

一天,村里教堂的塔楼上长出了草。人们商量着怎么处理这件事,不要让这草浪费了。最后他们决定,把村里的牛牵到塔楼上,让它把草给吃了。

人们走到塔楼上,然后放下一根长长的绳子,让人在下面缠住牛的脖子,然后把它往上拉。

可怜的牛被拉得够呛,无法呼吸,伸出了舌头。村民见到此景,高兴地说:"再用力地拉,你看到没? 牛也很高兴,它都已经伸出舌头想吃草啦!"

会说动物语言的牧羊人

很久很久以前,在太平洋的另一端,玻璃山的一侧,有一个牧羊人。他在森林里正守护着自己的羊群,突然看到远处燃起一团火,里面有一条颤抖的大蛇正在哭泣:"请你帮帮我,这位穷苦的朋友,好人会有好报的。我的父亲是蛇王,它会奖励你的善行的。"

牧羊人听到它的求救后立马赶了过去,砍下一根木枝,从火里救出了蛇。蛇爬行了几步,有两人举起了一块大石头,石头下面是一个洞,牧羊人和蛇穿过那个洞来到了地下世界——蛇王的家。

蛇王问:"你有什么想要的,穷苦的人? 你救了我的儿子,使它脱离死亡,你想得到什么回报?"

穷苦的人回答说,他只想要听懂动物的语言。蛇王答应了他的要求,但是也提了一个条件:你绝对不可以告诉任何人,否则的话,你会马上死去。于是,牧羊人回到了地面上。

他回家的时候经过一棵空心树,有两只喜鹊在树上聊天。其中一只对另外一只说:"嘿,要是有人知道这棵空心树里面有多少

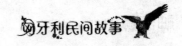

钱的话,他得幸福死。"

牧羊人听到了它们的话,并暗暗记在了心里。他回家后,拉来推车装钱,然后运回家。他因此成了富翁,后来娶了一个姑娘。

这姑娘一直对牧羊人突然发财的事儿很好奇,她不停地问牧羊人,这笔钱是怎么来的。牧羊人对她说:"别问了,是上帝给我的。"

他一次回家后,房间的炉子上趴着两只猫。老猫对小猫说,因为小猫更小,所以它能爬进橱柜里去偷火腿。牧羊人听到后哈哈大笑。他妻子问他笑什么。他说,这只老猫让小猫去偷火腿。他老婆问他是如何听懂他们的对话的。

"哎,你知道的,我不可以告诉你,否则我会死。"

"管他呢,你就告诉我!"他的老婆说。

"不可以!"

有一天,牧羊人和老婆一同去赶集。他老婆骑的是一匹母马,他骑的是一匹公马。他老婆落后了一点,这时候公马对母马嘶吼道:"你为啥就不能走快点!"母马回应它:"你说得轻松,你驮的是一个瘦子,我驮的是一个胖女人!"

牧羊人全都听懂了,一不小心又笑了出来。他老婆又问他到底在笑什么。他把自己听到的母马和公马的对话说了出来。他老婆一定要他说出来,他到底是怎么听懂动物语言的。但牧羊人依旧说,自己不可以说出来,说出来的话会死。

他们回家了。有几只狼正在跟他们家的狗商量，能不能放几只羊给狼吃。其中几只狗说可以放给它们四只，这时候他们家老狗说："你们这群混蛋，你们怎么敢把主人的羊给放出去？"

主人听懂了一切，他把其他狗赶到一边，给了那只老狗一大块面包。这时候他老婆又问，他怎么会听懂动物语言的。牧羊人说，说出来会死。他老婆不从，说，死了也得告诉她。无奈之下，牧羊人做好了棺材，躺在里面说要最后再给自己的老狗一块面包。但是老狗纹丝不动，没有吃面包，因为它太难过了，它为自己的主人感到伤心。

这时候走进来一只大公鸡，它大口大口地啄面包。老狗对它说："你这个邪恶的东西，还能在这里舒舒服服地吃面包，你不知道我们亲爱的主人马上就要死了吗？"

但是大公鸡回答它："你个蠢蛋！你就跟我们的主人一样蠢，连一个女人都使唤不动。你看，我有二十个老婆，但我还是每一个都能使唤。"

听到这，牧羊人立马从棺材里跳了出来，把自己的老婆打了一顿，叫她别再问自己从哪里学来的动物语言！

木 雕 彼 得

很久很久以前,有一对贫穷的夫妻。他们活得很没有兴致,很不开心,因为他们没有孩子。一天,农民对自己的妻子说:"老婆子啊,我有一个想法。"

"什么想法啊?"

"我去森林里找棵树,用木头给我们雕一个儿子。"

妇人听了哈哈大笑。

但农民还是这么做了。到了晚上的时候,妇人做好晚饭,农民就带着一个雕好的孩子回家了,他把木雕放在门口的角落里。

他坐到桌子旁开始吃饭,最后还剩了一道菜,于是妇人就说:"喏,这正好是给我们儿子留的。"

晚上他们就去睡觉了。半夜的时候,从木雕孩子的地方传来一声声响:"妈妈,你们睡了吗?"

妇人大喜过望,赶忙回答:"没睡呢,我亲爱的小孩。"

"如果你们还没有睡的话,那赶紧起来,快给我做晚饭吃吧!"

木雕孩子这时候终于苏醒了,开口跟两口子讲话。两口子高兴得不得了,笑得合不拢嘴,并给他取名彼得。

木雕彼得就这么做了两口子的孩子。第三天的时候,他请求去路上看看,想给自己找个玩伴。他走出了大门,那里正好有一个跟他一般大的孩子在等他,木雕彼得就问:"小伙伴,这个城市里有没有铸剑大师?"

"怎么没有! 就在附近,不远!"

彼得跑到父亲那里说:"爸爸,请给我八个铜板!"

"哦,孩子,我多给你一点,你觉得怎么样?"

"我只要八个铜板!"木雕彼得说。

拿到八个铜板后,他就跑出去跟着自己的小伙伴去找铸剑大师。

他抵达后,对铸剑大师说:"铸剑大师,我给你八个铜板,你把你铸的第一把剑给我吧!"

"小弟弟,"铸剑大师说,"那把剑早就生锈了。这里有铜剑、金剑,还有钻石剑,你喜欢哪个,可以随便挑,我不会问你要一个铜板!"

"我一个小孩的手拿不下那些剑,"彼得回答说,"请帮我把那把剑找出来,就是你做的第一把剑,我只要它!"

铸剑大师转身去找那把生平第一次做的剑,但是那把剑不知道去了哪里。他又仔细寻找了一下,终于找到了那把剑的剑鞘,里

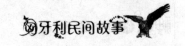

面装着剑呢。

彼得拿过来,给自己佩好,这一刻他仿佛长大了不少。他说:"这里有八个铜板,是你第一次劳作的酬劳。"说完,他高高兴兴地背着剑回家了。

第二天是周日,城里有集市,彼得对爸爸说:"爸爸,我们去赶集吧,让我看看那里到底有什么活动。"

"我也正想说这事儿呢,儿子。"他父亲说,"我们走,牵上我们的两头牛。"

他们走在两头牛中间,一起来到了集市。他们听说这里有两头牛用金链子拴着,如果有人能砍掉那金链子的话,牛就归他了。

木雕彼得对爸爸说:"爸爸,我们去那里吧!让我看看那两头牛的样子!"

他们过去后,看到了两头美丽的金牛,但是周边落满了一截截的剑,都是砍金链断掉的剑。

"让我试试,我来砍。"彼得说。

群众非常震惊,不知道这个小男孩想做什么,但是他们还是同意了。彼得上前用力一挥,砍断金链的声音十二个国家之外的地方都能听到。两头牛甩了甩尾巴,直直地往彼得家的牛棚跑去。

这时候,牛的主人对彼得说:"木雕彼得,你回家吧,给它们吃点东西。你知道的,你给它们吃什么饲料都没用,它们只吃木炭。"

彼得回家了,弄来十二棵树做木炭。他先把牛领到水槽前,然后又领到木炭前，牛一眨眼就把木炭吃光了。两头牛吃完摇了摇尾巴，一头往日落的方向走去，一头往日出的方向走去。

木雕彼得说："爸爸，你快来！我给你看样东西！"

他们走到大门前，彼得用手指在大门口的角落里戳了戳，戳出两个洞，一个洞里流出了醇美的红酒，另一个洞里流出了水果白酒。

"爸爸，我们在这里放上桌子和杯子，大家都可以在这里喝酒，喝多少都行。爸爸，你看到那辆耕地车没？"

"我看到了，儿子。"

"如果耕地车自己来到这个门前面，磨石自己上了耕地车，那么红酒就会变成水，水果白酒就会变成血，那时候你就知道我已经死了。如果你还想找我的话，你就坐上耕地车，它能带你去我所在的地方。现在，爸爸，我要出去看看世界了，我要试试我的运气。"

说完，木雕彼得就出发了。他穿过了七个国家，终于来到一个王国。他向国王问好："愿上帝赐予您美好的一天，尊敬的国王。"

"小弟弟啊，你为何来到这里？"

"我来找份工，试试我的运气！"

"我的木工学徒正好过世了。"国王说，"你做一年怎么样？"

"再好不过了，只需要为我提供食物和水就可以。"

彼得留在了那里，开始木工学徒的工作。他做得很顺手，很快就适应了那里的生活，国王也非常喜欢他。国王有一个女儿，非常

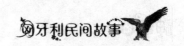

爱彼得,如果她不能嫁给彼得为妻的话,她就想马上去死。

"好吧,"国王说,"我同意你嫁给彼得。"

他们立马发布了举办婚宴的消息。婚宴上来了许多伯爵、子爵、王子、牧师……就这样,他们成为夫妻。

有一天,国王收到一封信,让他带兵去打仗。国王知道后,非常难过。木雕彼得问:"尊敬的国王,你为什么哭泣?"

"我怎么会不哭呢,我的孩子啊?"国王回答说,"来了封信,让我赶紧带兵打仗去。"

"国王你别哭泣,我替你去。"

"孩子,你怎么能独自一人前去呢?你这样就像是蚊子对公牛,实力悬殊啊!"

但是彼得还是独自一个人去了。他们开始打仗了,他挥剑战斗,打败了一个个人,但是一不小心被绊了一跤,之后,他被别人打败了,倒在了地上。

第二天早上,耕地车来到木雕彼得父亲的门前,磨石自己爬上了耕地车,红酒变成了水,水果白酒变成了鲜红的血。

彼得的父亲见状,立马坐上耕地车,去寻找彼得。他找啊找啊,但是一直找不到。他突然看到两头牛从远处走来。一头从日出的地方而来,另一头从日落的地方而来,最后在天地交会处碰面了。

两头金牛低下脑袋用角去找彼得,但是彼得的头已经被砍了下来，一点活的迹象都没有了。

一头牛问另一头牛："你会做什么？"

"我会把人拼装起来。你呢，你会做什么？"

"我可以把灵魂放入身体里。"

这时候，一头牛拼好了彼得的身体，另一头牛把灵魂吹了进去。彼得坐了起来说："哎呀，我睡得可真香。"

"要是我们不来的话，你差一点永永远远睡下去了。"两头牛说。

于是彼得出发，然后回家了。

回到家后，国王再一次宴请了伯爵、王子……让他们一起庆祝彼得的归来。他们的王国现在还在呢，如果彼得还没死的话。

花 彼 得

很久很久以前,有一个人,他有三个儿子和三个女儿,六个孩子都受了很好的教育。有一天,这位主人死了,他妻子埋葬了他。妇人对六个孩子说:"我的孩子们,我得出门了,我要去找新仆人。"

大儿子说:"妈妈,你别去,我们给仆人的钱可以用到别的地方。今天就由我来耕田播种,我来做农活。但每天中午必须有人给我送午饭。"

"儿子啊,我每天中午会给你做午饭,让你大妹妹给你送去。"

大女儿说:"亲爱的哥哥,我去给你送午饭。但是我请求你一件事,出门的时候带着犁,经过大门的时候把犁插到地里,并把犁内侧对准你去的方向,这样我就知道你去了哪里。"

大儿子按照大女儿的要求,把犁的内侧对准了自己所去的方向。但这时候来了一条长着六个头的龙,它正要去青蛙河岸,它把犁内侧对准自己的城堡的方向。所以大女儿把午饭送到了龙的城堡。龙把大女儿揽入自己的怀抱,带她进了城堡,并吃了她带的午饭。

大儿子怒气冲冲地回家了,因为中午没吃到午饭。

现在轮到二女儿承担送饭的任务了。她也提出了关于犁的约定,但是来了一条长着十二个头的龙,它把犁内侧对准自己的城堡的方向。二女儿也走错了,去了龙的城堡。这条龙也吃了她带的午饭,二女儿成了他的妻子。

大儿子又怒气冲冲地回家了,因为没人给他带来午饭。"妈妈,她们难道就是这么给我送饭的吗?"

"我已经让两个女儿去送饭,结果两个都没回来。难道是土地吃了她们吗?"

"亲爱的哥哥,我明天给你送饭!"小女儿说。

大儿子第三次把犁插在地上。但这时候来了一条长着二十四个头的龙,它也把犁内侧对准的方向换了,把小女儿引到了自己的城堡。

"亲爱的姑娘,以后你就是我的妻子啦。"龙说,"从现在开始,我就是你的主人了。我对你说的,你都得接受。"

大儿子不得不中断播种,回去找三个姑娘。他来到了六头龙那里,在那里找到了大女儿:"快收拾一下,我们赶紧回家!"

"你赶快离开这里,我的丈夫马上就要回来了。"

"你怎么知道的?"

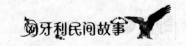

"它早就拿它的六头槌给我信号了。"

没一会儿,龙就到家了,它说:"你好啊,亲爱的大舅子。老婆,你赶紧生火做饭。"

大女儿赶紧把饭做好,龙和小伙子吃得饱饱的。龙带着壶去了酒窖,装了一壶葡萄酒回来,然后请小伙子一起喝酒。

喝完酒,龙说:"你过来,大舅子,我们来决斗!"

他们走到外面的院子里,开始决斗。龙打败了小伙子,他身上所有的骨头都被龙打碎了。龙把小伙子埋葬了,在埋他的地方种了一棵白杨树。这棵树晚上比白天生长得快。

二儿子来到了十二头龙的城堡。他在那里找到了二女儿,他说:"我的姐姐啊,你的丈夫什么时候回来?"

"一会儿我们就知道了,它回来之前会把它的十二头槌扔回来。"

龙把它的十二头槌扔了回来,没一会儿龙就到家了。

"快做饭,老婆!"

二女儿做了饭,几个人吃得很饱。然后龙到酒窖,带回来一大罐葡萄酒,并和小伙子喝光了葡萄酒。

"过来,二舅子,我们来决斗。"

他们去了院子里决斗。龙抓住了小伙子,打败了他。小伙子身上所有的部位都被龙给撕碎,然后死了。龙在埋他的地方种了一棵白杨树。

最后一个儿子出发了。他来到二十四头龙的城堡,看到了自己的妹妹:"你好,我的妹妹,你的丈夫在哪?"

"出去打仗了。"

"什么时候回来呢?"

"到时候你就知道了,它回来的时候会把它的二十四头槌朝着城堡的那个钉子扔过去的。"

龙把二十四头槌扔了回来,没一会儿,它就到家了。

"做饭!老婆!"

他们吃得很饱。然后龙下到酒窖,带回来一大罐葡萄酒。龙和小伙子把酒喝得精光。

"来吧,小舅子,我们去院子里决斗!"

龙一下子就把男孩放倒在地,他没一会儿就死了。龙在埋他的尸体的地方种了一棵白杨树。

就这样,三个姑娘都留在了龙那里,三个小伙子也都被埋在了地里,妇人也就没了孩子。妇人买了一个罩子和一把镰刀,带着它们去了田野的最远方,在角落里拨开草丛,找到了一朵白色的花,然后把它挖了出来。但是一不小心,妇人把花的根茎丢了。她闻到了花朵的气息,香气真是迷人,她不舍得就这么扔了它,于是就把花放进了嘴里咽了下去。

妇人回到家,不久之后就生了一个儿子。他是个巫师男孩,被起名为花彼得。花彼得受到了母亲精心的照料。妇人给花彼得喂奶七周后，他说："妈妈，把我放下来吧，让我从襁褓里出来。"

妇人解开襁褓，花彼得下地去院子里玩耍。院子里有一根梁木，他去和梁木角力。他把梁木扳倒后，走回房间对妇人说："妈妈，请把我放回襁褓再照料我吧！"

男孩又喝了七周的奶，然后又对母亲说："妈妈，请把我从襁褓里放出来，我要去庭院里玩耍。"

男孩来到庭院里，从树半腰折断了树，然后跑回母亲身边说："妈妈，把我放回襁褓！请日夜都不要把我放下地。你也不要去井边，一水瓢的水也不要去打！"

妇人几乎没把自己的孩子放下过，除了穿衣服和脱衣服的时候。她给花彼得喂了三周的奶，之后，她松开襁褓。花彼得跑到花园里，他把树冠扯了下来。他进屋对妈妈说："妈妈，请帮我拿一个大碗来！"

妇人带儿子到大碗旁边。

"妈妈，现在你有多少奶，就把奶挤到碗里面去。"

妇人把奶挤进了大碗，差点溢出来。

"妈妈，把揉面的板子拿来，上面铺上面粉。"

妇人准备好板子和面粉。

"把奶倒入面粉中，用这些材料做三个波卡其面包，里面不要加一滴水，然后把波卡其面包烤好。妈妈，你再去找姐姐们的丝巾和戒指，每条丝巾里包一个金戒指和一个波卡其面包，然后叠好给我。"

花彼得带上三个面包,然后上路去找三个姐姐和三个哥哥了。

花彼得在六头龙那里找到了大女儿。

"你好啊,我亲爱的姐姐!"

"你好!"

"你丈夫什么时候回家?"

"你这个小男孩,为什么说自己是我的弟弟呢?"

"我当然要说了,你就是我的姐姐呀。看,这有一条丝巾,你打开它。"

大女儿打开了丝巾。

"这条丝巾和这个戒指是谁的?"

"我的!"

"你把波卡其面包掰成两半,然后吃了它。它是什么味道?"

"是妈妈乳汁的味道!"

"现在你承认我是你的弟弟了吧? 你的丈夫什么时候回来?"

"你别问了,你快跑吧! 如果它看到你,一定会杀了你的。它可是长着六个头的龙!"

"你别太担心了,等它回来估计天色也晚了,你就生火煮饭吧!"

"不行,如果我丈夫回来就来不及了。"

"你丈夫啥时候回来?"

"你一会儿就知道了,它回来之前会把它的六头槌扔回来的。"

花彼得走到庭院里。六头龙把自己的六头槌扔了回来,花彼得往前一跃,接住了槌。他又把槌往回扔,比龙又多扔出六块地那么远。龙见状大声咆哮:"到底是谁!是谁在我家院子里撒野?不知道是不是那个叫作花彼得的小子!我回去一探究竟吧!"

龙带着槌回到家,然后狠狠地把槌放在地上。

"你好啊,我的小舅子,还有我亲爱的妻子,赶紧做饭!"

他们吃得很饱。然后龙带上钥匙,下到酒窖,拿了一壶葡萄酒。酒壶正好配着两个杯子,龙倒上酒,但是花彼得没有喝。

"小舅子,快喝酒!我给你倒的。"

花彼得回答说:"姐夫呀,我可不喝。如果你到我那儿做客的话,我肯定把你一块带到酒窖去,想喝多少就喝多少。"

龙带上钥匙,带着花彼得下了酒窖。地窖里有六大桶葡萄酒。花彼得抱着酒桶,喝光了五个桶里的酒。到了第六个酒桶的时候,龙就不让他继续喝了。

"行了行了,在酿出新的酒之前,给我留一桶吧!"

然后龙将花彼得赶出了酒窖。

他们来到城堡的院子里。龙对花彼得说:"来吧,小舅子,我们来决斗吧!"

之后他们就开始决斗。龙抓住了花彼得,然后把他绊倒在地上。花彼得从地上跳了起来,沿着龙的腋窝一劈为二,然后又砍了龙的六个头。他的姐姐想从窗边跳出来,花彼得威胁她说不要乱来。

然后花彼得又上路,去了十二头龙的城堡。他打开门,向人问候。他的二姐出来跟他说话:"你找什么呀,小男孩?"

"我找什么? 我是为你来的,我是你的弟弟。"

"怎么可能? 我们兄弟姐妹就六个人,六个人都离开了家,你不是我的弟弟。"

"如果你不承认我是你的弟弟,那你看看这样东西,你打开它。"

二女儿打开了丝巾。

"这条丝巾是谁的? 这个戒指又是谁的?"

"这是我的。"

"你把波卡其面包掰成两半,然后吃了它。它是什么味道?"

"是妈妈乳汁的味道! 现在我承认你是我的弟弟了。"

"你的丈夫什么时候回来?"

"你一会儿就知道了,它会把它的十二头槌扔回来的。"

花彼得走到庭院里,等着龙把自己的十二头槌扔回来。龙真这么做的时候,花彼得往前一跃,接住了槌。他又把槌往回扔,比龙又多扔出十二块地那么远。龙见状大声咆哮:"到底是谁! 是谁在我家院子里撒野? 是不是那个叫作花彼得的小子?"

龙回家后和花彼得一起饱餐一顿。接着龙下到酒窖,拿了一壶葡萄酒。龙喝了自己杯子里的酒,但是花彼得没有喝。

"小舅子,你为什么不喝?"

"不喝。"

"为什么?"

"如果你到我那儿做客的话,我肯定把你带到酒窖去,想喝多少就喝多少。"

龙带着花彼得下了酒窖。地窖里有十二大桶葡萄酒。花彼得喝光了十一个桶里的酒。但龙没有让他继续喝第十二桶酒。

"可别把我的酒喝光了,给我留一桶吧! 我们出去决斗吧,小舅子。"

龙和花彼得开始决斗。龙抓住了花彼得,然后把他绊倒在地上。但是花彼得非常灵巧,他一把抓住了龙,狠狠地一击,龙的脖子断了。

接着花彼得去找他的三姐。

"你好啊,我亲爱的姐姐!"

"你好啊! 你找什么呢,小伙子?"

"我是你的弟弟。"

"哎呀,你怎么可能是我的弟弟呢? 我们家六个孩子都已经离开家里了。"

"看,这是丝巾,打开它。"

她打开丝巾。

"这是谁的丝巾和戒指?"

"我的。"

"这里面还有一个波卡其面包,你把它掰成两半吃了它。"

姑娘吃了一口面包。

"它是什么味道?"

"是妈妈乳汁的味道。"

"现在你承认我是你弟弟了吧?你丈夫什么时候回家?"

"到时候你就知道了,等到城堡里地动山摇,他的二十四头槌被扔回来的时候,他就差不多回来了。"

话音刚落,龙的二十四头槌回来了。花彼得将槌扔了回去。

龙气呼呼地回来:"嘿!给我饭,老婆!"

他们一同吃了饭。然后龙拿来一壶葡萄酒,壶旁边配着两个杯子,但花彼得没有喝酒。

"你为什么不喝,我的小舅子?"

"我不喝,如果到来我那儿做客的话,我肯定会把你带到酒窖去,让你想喝多少喝多少。"

龙只好把花彼得带到酒窖,酒窖里有二十四桶酒,彼得喝了二十三桶。

"在有新酒之前,把最后一桶留给我吧!来吧,小舅子,我们去决斗!"

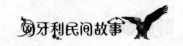

他们在庭院里面决斗。花彼得被龙摔在地上，但是花彼得毕竟年轻，他立马跳了起来抓住了龙，把龙的脖子塞到了地里面。然后他拿出自己的刀，把龙的头一个个地砍了下来，砍了二十三个头，留下一个。

"住手，快住手，我的花彼得小舅子！你把我最后一个头留下吧！如果你把这个头给我留下，我保证离开这个国家，以后销声匿迹，别人再也不会找到我的。"

"行，姐夫，我把你的这个头留下。如果你能找到我的三个哥哥，我就留下你第二十四颗脑袋，留下你的命。"

龙血像小溪一样流了出来，血水浸染了三棵白杨树，树下埋着花彼得的三个哥哥。突然三个小伙子都从地里面站了起来，所以龙也就保住了脑袋，保住了命。龙立马逃走了，再也没有它的消息。

花彼得聚集起三个姐姐和三个哥哥，然后带着他们一起回家了，他们高兴万分。他们的妈妈在家里把庭院打扫得干干净净，里里外外扫了个遍。他们到家的时候，妈妈看到自己的七个孩子站在大门口，赶紧让他们进屋。她抱住花彼得，亲吻他，也亲吻了其他孩子，然后向整个村庄说了这个好消息。

"这是我的三个儿子、三个女儿，当然这里还有第七个！"

他们操办了盛大的宴席。大伙儿在宴席上吃好喝好玩好。他们的妈妈高兴得不知道还能再做点别的什么事儿。然后，花彼得亲吻了三个哥哥和三个姐姐,说:"亲爱的哥哥姐姐们,再见了!"花彼得向自己的兄长和姐姐告别。但是他们的母亲抓住了花彼得,拥抱他,亲吻他。

"哎,亲爱的妈妈,现在你把我带回原来的地方,就是你把我挖出来的那个角落。"

妈妈带着花彼得来到了当时挖出他的角落。她再次拥抱、亲吻花彼得。

"亲爱的妈妈,你以后再也见不到我了。"

接着,土地分成了两半。

"去吧,我的孩子。"

"我去了。"

花彼得跃进土地,进入了那个角落的深处。妈妈回家了,她的六个孩子现在还是活得很幸福。他们吃好喝好玩好,点着烛灯快乐地活着。

黑加仑姑娘

很久很久以前,有一个国王,他有三个儿子。同时,那个国家还有一个老寡妇,她有一个女儿叫黑加仑姑娘,因为这姑娘不吃黑加仑果就会死。

一天,姑娘病了,她妈妈找不到黑加仑果给她吃。可怜的老妇人为了保护自己的女儿,来到修道院的园子,因为那里有很多很多黑加仑果。她偷偷溜进去,采了一小篮子黑加仑果。修道院的女负责人看到了她,走上前去问:"你做什么?"

可怜的老妇人恐惧地回答道:"我一辈子都没有偷窃过,现在实在是迫不得已。我有一个非常美丽的女儿,始终还没找到配得上她的另一半,她只要一天不吃黑加仑果,就会死掉。她今天还没有吃到黑加仑果,如果明天之前还吃不到的话,她就会死了。"

女负责人和妇人一起回了家,因为她不相信这个穷苦的老妇人会有这么一个特别的女儿。女负责人看到黑加仑姑娘,发现她的确异常美丽,然后对妇人说:"你就把你的女儿送到我那里去吧。

我们那里黑加仑果多,她不会挨饿。"

老妇人还能做什么呢?现在只有修道院有黑加仑果,她只好把女儿交给了女负责人。

姑娘在修道院生活着。一天,她倚靠在窗边眺望,国王的三个儿子经过,他们看到美丽的黑加仑姑娘,一步也挪不开了。

大王子立马说他不会罢休的,直到这姑娘成为别人的妻子。二王子也承诺,只要姑娘还没有成为自己的妻子,自己不会罢休。小王子说:"我不会同意的,因为她是我的!"

三个王子因此打斗起来,经过的路人拉开了他们。打斗的声音也把女负责人吸引到了窗边:"到底发生了什么?"黑加仑姑娘说:"他们因为我打架了。"

女负责人吓了一跳,怕自己会受到国王或者王后的斥责。她立马把黑加仑姑娘从窗边叫回去,斥责并惩罚她。黑加仑姑娘表示反抗,因为她觉得自己什么也没有做。

"什么?你觉得自己除了漂亮,还有别的优点吗?你给我听着,黑加仑姑娘,我要把你变成一只蜥蜴,你也不会再在这里住着,你住到世界的尽头去!"

可怜的黑加仑姑娘一下就变成了一只蜥蜴,一分钟之后到了世界的尽头。

时间一天天过去,王子们的母亲过世了,老国王也逐渐衰老。国王早就想把国家交给儿子继承,但是他没法决定,到底哪个儿子

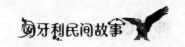

更合适,因为他对三个儿子的爱是相同的。一天,他对三个儿子说:"儿子们,你们三个人在我心中的位置都是一样的,所以我会给你们三次考验,能通过三次考验的人,最后会得到这个国家。"

三个王子都点了点头,然后老国王说出了自己的三个愿望。

老国王说:"儿子们,我先说我的第一个愿望!"老国王让儿子们去找一块神奇的篷布,长、宽都是一百尺,如果把篷布卷起来的话,还能穿过一枚戒指。

三个王子都接受了第一个挑战,出发去找这块神奇的篷布。他们每个人都带着不少钱,出发了。出了城堡,三人面前出现了三条路:有两条路的路况非常好,大王子、二王子朝着这两条路出发了。第三条路非常崎岖,小王子朝着这条路出发了。

两个年长的王子顺着好路一直前进,到了一座大城市。小王子走啊走啊,走得精疲力竭,连一只鸟儿也没见到。他的两个哥哥已经买了不少好看的篷布,但他一直在路上走。终于,他抵达了世界的尽头。

在世界的尽头,小王子看到了一座石桥,他过去坐了会儿,十分难过,他不知道该做什么才能满足父亲的第一个愿望。这时,一只金背的蜥蜴爬了过来。它对王子轻声说道:"王子,你在忧伤什么?难过什么?"

王子看着小蜥蜴,回答说:"你说什么呢,金背的蜥蜴?我告诉你,你也不能给我建议呀!"

小蜥蜴慢慢地回答道："你尽管说，万一我能给你建议呢？"

于是王子说了国王的故事，国王有三个儿子，他希望其中的某个儿子能满足他的三个愿望，这样他就把王国交给那个儿子。他的第一个愿望是找到一块神奇的篷布，长、宽都是一百尺，卷起来后能穿过戒指孔。

小蜥蜴听他说完，说："嗯，好吧，王子，你就坐在这里，几分钟后我可能能够帮助你解决问题。"

小蜥蜴说完回到石头桥底下，找到蜘蛛们。小蜥蜴是蜘蛛们的好朋友，所以来向它们寻求帮助。蜘蛛们立马开始编织工作。它们一共花了十天十夜织出了一块篷布，小蜥蜴把篷布拿回地上给小王子。篷布正好可以放进他的口袋。

王子的两个哥哥早就到了家，他们用车子把篷布运到父亲面前，这些篷布又长又宽，但是一块都不能穿过戒指孔。

这时候，小王子回家了。他从口袋里拿出他带回来的东西。国王试了试，然后点了点头说："没错，这布的确能穿过戒指孔，但是我不知道它的长、宽是不是符合我的要求。"

国王立马叫来工程师，让工程师量了小王子带回来的篷布，不多不少，正好一百尺宽、一百尺长。老国王高兴地说："你们看到了，小王子完成了任务。但谁要是能经受后面两个考验，那他就可以继承我们这个国家的王位。我的下一个愿望是，你们去牵一条小狗到我面前来，它能钻进坚果壳，但它要是出了坚果壳的话，叫

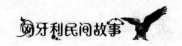

声在七个国家以外的地方都能听到。"

三兄弟又上路了。两个哥哥又一次选了两条通畅的路,最小的王子又上了那条崎岖的小路,通往世界尽头。当小王子再一次抵达世界尽头的时候,他呼喊道:"金背小蜥蜴,听到我的声音就快出来吧!"

小蜥蜴出来了:"你需要什么?"

王子忧伤地说:"我现在很确定你也帮不了我。"

小蜥蜴回答道:"你只管说,万一我能帮上呢?"

接着小王子说了父亲的愿望,需要一只什么样的小狗。

小蜥蜴想了一会儿,然后说:"你在这里等着,可能我能够帮得到你。"

小蜥蜴跑到地底下,找到一个迷你小矮人国。小蜥蜴祈求小矮人国国王,赐给它一只迷你小狗。迷你国国王把自己的第一部长给了小蜥蜴,它就是一只符合要求的小狗。小蜥蜴把狗放到坚果壳里,然后回到了地上,对王子说:"你把这个东西放到口袋去,但是路上千万不要打开它,只管快快回家!"

王子快快赶回家。

两个哥哥早就在家等着了。他们说,世界上没有这样的小狗,他们花了不少时间找,但依旧没有找到。

老国王看到小儿子的时候说:"儿子,你也是空手而归,像你两个哥哥一样吗?"

小王子高兴地拿出金黄色的坚果壳,打开后,里面跳出来一只小狗,它叫唤了一声,声音马上传到了七个国家之外。老国王对小狗的叫声非常满意,像是香醇的奶酪浸透了他的背。他高兴地说道:"你们也看到了,小王子做到了。如果你们谁能完成我最后一个挑战的话,他就能成为国王。我第三个愿望是,谁娶到了最美丽的姑娘,我就让位给谁。"

两个哥哥大笑。他们笃定自己在这个愿望上一定能超过自己的弟弟,因为他们去过很多地方,见过各种美丽的姑娘,挑出最美的姑娘是很容易的事情。而小王子呢,小王子什么世面也没见过,什么人物也没见过! 在世界的尽头也只见过小蜥蜴而已!

小王子又一次难过得不能自已,因为这次,金背小蜥蜴肯定不能从地底下给他带出一个漂亮姑娘了,但他还是去找了小蜥蜴。他忧伤地坐在桥上,小蜥蜴看到王子,王子说:"现在我真的相信你没法帮我渡过难关了。"

小蜥蜴轻轻地、慢慢地说:"万一我能呢?"

于是王子说:"现在我父亲的愿望是,我们谁能娶到最美丽的姑娘,他就能成为国王。"

金背小蜥蜴脸慢慢红了,说:"你现在抓住我,把我往石头桥上摔。"

小王子不同意:"我可不能这么做,这样会杀死你的。"

但是小蜥蜴异常坚定地说:"我说,你把我往石头桥上摔!"

小王子誓死不从,但是他看到小蜥蜴因此郁郁不乐。他索性眼睛一闭,把小蜥蜴扔到了石头桥上。他睁开眼看到了什么?一个绝美的女孩出现在蜥蜴摔倒的位置。漂亮的姑娘说:"王子,你认得出我吗?"

小王子回答:"我见过你,但是不知道是不是你。"

美丽的姑娘笑着说:"我就是在修道院窗口的那个姑娘。你因为我还打过架,我是黑加仑姑娘!"

小王子愕然,但是黑加仑姑娘继续说:"现在,我到死为止都是你的人了。"

小王子高兴极了,他带着黑加仑姑娘一起回家。

他的两个哥哥早就在家里了,并且带着美貌的妻子。全家人都等着小王子,想看他是否已经通过了考验。当小王子到家里的时候,国王正在院子里面堆土豆,这时土豆都变成了金色的苹果。当国王看到小王子的新娘时,立马下了决定,他对两个年长的儿子说:"你们别对自己的弟弟生气!他配得上拥有这个国家!"

他们并没有生气,他们都祝福小王子生活幸福愉快!

飞翔的城堡

很久很久以前,要穿过七个国家,甚至还要再远一点的地方,有一个穷苦的人和他的妻子,他们的生活穷困潦倒,而且他们经常愁苦,为什么自己没有孩子。

他们有一棵苹果树。在一个秋高气爽的日子里,妇人走进院子,正当她走到苹果树旁的时候,树上掉下来三个苹果。三个苹果在地上都分成了两半,里面出来三个健康漂亮的小婴儿。三个都是小男孩。

妇人十分高兴,兴高采烈地把三个孩子抱进屋里:"你看呀,孩子爸爸,上帝从苹果核里赐给我们三个孩子!"

然后她向丈夫叙述了在院子里发生的事情:她一到院子里,三个苹果就从树上掉了下来,三个孩子就从苹果里出来了。现在要做的事情就是赶紧给孩子们起名字。

夫妇决定,三个孩子都起名为苹果之子:大苹果之子、二苹果之子和三苹果之子。

孩子们逐渐长大了,一个比一个长得好。他们长得无比相似,邻居们都分不清楚谁是谁。除了他们的父母,别人都分不清。孩子们长到十八岁的时候,父亲对大苹果之子,也就是最年长的儿子说:"儿子,你已经走入第十八个年头了。你也看到了我们家有多穷苦,你出去闯世界,碰碰运气吧。"

他妈妈给他烤了一个全麦面包,大苹果之子告别父母和弟弟们,然后上路了。

他走啊走,走了一天。晚上的时候,他非常劳累,也非常饥困了。他坐到路边的一块石头上,从包裹里拿出母亲烤的全麦面包,开心地吃了起来。他没吃几口,眼前就出现了一个老者。老人家说:"你好啊,年轻人!"

"你好啊,老爷爷!"大苹果之子打招呼说。

"年轻人,我看你在吃东西,"老者说,"我已经三天没有进过食了。"

"那可不妙啊!老爷爷,我来帮你。我也没别的东西,我就把我的食物分给你一半吧。"

说完大苹果之子把全麦面包一分为二,把其中一半递给了老人。老人一口就咬了上去,吃得精光,然后说:"谢谢你啊,年轻人!感谢你对我的善意,或许我可以为你服务。我想问问,你究竟为什么要上路呢?就我所想,你是要试试自己的运气,所以你才来到这个地方。晚上等到镰刀星出现的时候,你朝着镰刀口指的方向出发,你会碰到好事儿的！不过我要提醒你,年轻人,等你到了一条湍急的小溪时,它的浪翻滚得特别厉害,但是你不要害怕,只管往水里面走。那是一条神奇的小溪,踩在上面,就跟走在干燥的田野上一样。"

大苹果之子认真地听着。老人继续说:"当你走到那条河的中间时,你会看到许多漂亮的水玫瑰。它们一朵比一朵好看,一朵比一朵吸引人,但不管你有多喜欢这些玫瑰,你千万不要去摘它们,因为它们会让你失去生命。等你穿过它们后,你就会看到一片银草地。那里所有的草和玫瑰都是银子做的。那些也会让你心生欢喜,但是你千万不能采摘它们,因为它们会让你失去生命。如果你有幸通过了银草地,你就会抵达金草地。那里每一根草和每一朵玫瑰都是金子做的,它们到时候会诱惑你,但是你千万不能去摘它们,因为它们会让你失去生命。如果你穿过了金草地,那你就能碰上你的好运气了！"

男孩对老者表示感谢,两人就此分别。然后老者像樟脑丸一样蒸发不见了,悄悄地来,悄悄地走。

大苹果之子等到镰刀星出现在夜空,他辨别出了镰刀口指的方向,然后根据老者的指点上路了。他找到了那条湍流的小溪。他很踟蹰,不知道老者说的是不是事实,这条小河不知道能不能撑起自己。但是他想起老者言之凿凿的话语,勇敢地跨出了自己的脚步。他想着总归要试一试。他一上前,果然和老者说的情况一

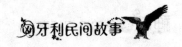

模一样!他走在小溪上的感觉就跟走在干燥的陆地上一模一样。当他走到河流中间的时候,异常美丽的玫瑰在他眼前盛开。他想起了老者的警诫,但是他看着眼前的美景开始心不在焉。这些可爱的玫瑰怎么会伤害我呢?他想,我就摘下它,把它别到我的衣服扣子上,多配呀!他摘下了玫瑰,别到自己的衣服扣子上。就在那一瞬间,神奇的小河吞没了他,然后他就消失了。

时间一天天过去,大苹果之子一直没有回来,于是父亲对第二个儿子说:"儿子,现在轮到你了,你出去碰碰运气,找到你的哥哥!"

二苹果之子上路了。母亲也为他烤了一块全麦面包。他跟自己的哥哥走上了同一条路。他累了、饿了,于是坐到他哥哥曾经坐过的那块石头上开始吃面包。他眼前也突然出现了一位老者。他向二苹果之子抱怨自己的境遇,然后二苹果之子像哥哥一样分给了他一半面包。老者也给了他同样的引导,提醒说要注意那条神奇的小溪、神奇的草地及一朵玫瑰都采摘不得。他说:"之前你哥哥也来过这里,因为他采了玫瑰,才让自己丧了命。你得注意啊,年轻人,别犯跟哥哥同样的错误!"

老者跟他告别后,便像樟脑丸蒸发一般消失了。

二苹果之子也上路了。他顺利地走上了神奇的小溪。他在水玫瑰前弯下了腰,想要摘下一朵,但是这时候想起了哥哥的命运,所以不管这些玫瑰怎么引诱他,他都忍住不去摘任何一朵。但是当他抵达银草地的时候,他无法继续忍下去,摘下了一朵银玫瑰,别在了自己的纽扣眼上。就在那一瞬间,他变成了一只银蜥蜴,躲到石头后面去了。

现在两个苹果之子都不在了。

时间一天天过去,两个男孩一直都没有回来。父亲对三苹果之子说:"儿子,现在轮到你了。你出去碰碰自己的运气,找到你的两个哥哥。"

他和两个哥哥一样,带着一块全麦面包上路了。他走的路和自己的两个哥哥一模一样。他正打算坐在两个哥哥坐过的石头上吃面包时,眼前突然出现了之前的那个老者。三苹果之子分给他一半全麦面包,然后老者说:"我知道你是一个好心肠的男孩子,比起两个哥哥,你到时候的表现可能会更聪明点儿。"

他向三苹果之子解释了神奇的小溪、草地,让他千万注意,不要走两个哥哥的老路。三苹果之子接受了老者所有的叮嘱,表示会注意一切的。

三苹果之子抵达了神奇的小溪,他也想采下一朵玫瑰,但是想起了老者的建议,忍住了。于是他幸运地穿过了神奇的小溪,穿过了银草地。当他抵达金草地的时候,他几乎快弯下腰想去采摘玫瑰了,这时候他又想起了老者的警诫。

所以他继续往前走,走啊走啊,走出了金草地,来到了一片荒野中。"喏,"他对自己说,"老者说得可真没错啊!我怎么可能在

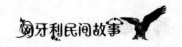

这里碰到自己的运气？这里寸草不生！没有草，没有树，什么都看不到，什么踪迹都没有！"

他怀着巨大的悲伤继续自己的旅程。他想着只要还能忍得了饿，就不会停下来。他足足走了三天三夜，又饿又渴，几乎快要昏过去了，就在这个时候，他看到远处有一栋大房子。那里面或许有人！他想再忍忍饿意，至少走到大房子那里！

等他抵达房子前面时，他震惊了。那里是一座宫殿，可是连一扇小小的窗户都没有。整个宫殿的入口只有不起眼的一扇小门。管他呢，三苹果之子打开门走进宫殿，来到了一个很大的房间。

房间无比敞亮，三苹果之子几乎睁不开眼睛。他环顾四周，看到了桌子，这些桌子都按照次序排着。他走到第一张桌子前，看到桌子上有一大碗粥，粥旁边有一块银色的板子，上面写着：这是神仙的粥，谁要是吃了这粥，以后永远不会挨饿了。三苹果之子已经饿得半死，没一会儿就把粥吃得精光。他觉得自己永远也不会再饿了。

他走到第二张桌子前面。桌子上有一瓶液体。瓶子旁边有一块金色的板子，上面写着：这是神仙的饮料，谁要是喝了这瓶饮料，那以后永远不会再渴了。三苹果之子口干极了，他丝毫没犹豫，把里面的饮料喝得底朝天。他觉得自己以后再也不会渴了。

他走到第三张桌子前，桌子上有个小盒子，里面装有一块小药膏似的东西。小盒子旁边有一个宝石板子，上面写着这是神仙的药膏,谁要是涂抹了它,就可以获取千人的力量。三苹果之子拿药膏擦了自己的身体。

他接着走到第四张桌子前,上面有一把剑,剑旁边有一块翡翠板子,上面写着:这是神仙的剑,谁要是把它佩戴在腰侧,就不会再害怕任何敌人,因为这把剑是所向披靡的。三苹果之子就把剑给自己佩戴上了。

然后他来到第五张桌子前,上面有一小瓶香油。旁边的钻石板上写着:这是神仙的油,谁要是把油滴到自己的眼睛里,那就什么都能看到了。三苹果之子想也没想就把油滴到了自己的眼睛里。

现在三苹果之子稍微有点清醒了,明白自己是在什么地方。老者真的没有骗他。他擦完仙人药膏后,就立马觉得自己获得了前所未有的力量;在眼睛里滴上油后,看向一旁的长凳,结果直接穿过地球的腹部看到了各种各样的怪物。因为走了很长时间的路,现在又吃好喝好了,所以他直接躺到一条长凳上,立马就入睡了。

他睡了多久,自己也不知道,他只知道自己在一阵喧嚣声中起来了。他以为是房子要塌了呢。他跑到空地上,左右环顾了一下,这么大的动静到底是从哪里来的?当他看向天空的时候,一座美丽的飞翔的城堡出现在他眼前。他被飞翔的城堡给吸引住了,直到最后一刻他才注意到,城堡的阳台上坐着一位美丽的姑娘,就这

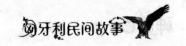

样,他爱上了这位姑娘。

城堡很快消失在空气中,但是三苹果之子暗暗下决心,一天不找到飞翔的城堡,他就永远不会甘心。

他朝着飞翔的城堡的方向走去。他足足走了三个月,来到了仙女国。这是一个什么样的国家呢?树上都不是叶子,而是金子。河里一头流的是牛奶,另一头流的是托卡伊葡萄酒。总之一句话,这个国家的一切都那么不可思议。三苹果之子已经在这个国家行走了一天。晚上,他来到一栋房子前。大家在房子里跳着舞,许多美丽的姑娘围着圈踏着舞步。三苹果之子也是一个年轻人,他混入大家,和姑娘们一起跳舞。快结束的时候,他开始向别人询问,是否听说过关于飞翔的城堡的故事。但谁也没有办法给他引导。可怜的小伙子只能带着巨大的忧伤继续走,他自己也不知道到底会走到哪里去。他来到一片森林前,看到一棵大榕树。天已经黑了,他感到非常疲惫,想要好好休息一下,他便在树下躺下,想着不知道自己还要四处徘徊多久才能找到那座飞翔的城堡。

没一会儿,他就入梦了。没睡多久,他就听见了鸡鸣声。三苹果之子抬头看向树,看到自己头上的一根枝干上坐着一只金冠鸡。

三苹果之子说:"哎哎,金冠鸡!你内心也充满忧伤,所以鸣叫得如此伤感。"

金冠鸡对他说:"是啊,地上赶路的人,我的事情足够让人伤感。"

三苹果之子问："为什么？我可以问吗？万一我能帮到你呢？"

"我不这么觉得,地上赶路的人啊,"金冠鸡回答道,"我不觉得你能帮到我。"

"你尽管说,金冠鸡,"三苹果之子回应它,"我不会伤害你的,你从树上下来吧,告诉我你的忧愁。"

金冠鸡勇敢地跳了下来,飞到三苹果之子跟前。

"我可以告诉你我的问题,哪怕你帮不到我分毫。我爱上了一位仙女,但是很不幸,阴险国的仙人也爱上了她。我曾经是一位仙人,善良却穷苦。我把姑娘带回来,不让她嫁给阴险国的仙人。我已经和她订婚,想要成为彼此的新郎新娘,因此积极地准备婚礼。但是一次阴险国的仙人让我吞下了神奇的魔术水,我就永远变成了鸡的样子。我有个金冠,别人还能从普通的鸡里面把我认出来。"

三苹果之子说："你告诉我,怎样才能帮你拿回解药呢？"

金冠鸡说："阴险国的仙人花园里有一口井,井里面的水就是神奇的魔术水,如果你能帮我取来一杯水,并在我不注意的情况下洒到我身上三次,那么我就能变回原来的样子。只是那口井由一条长着十二个头的龙守着,所以人无法靠近井边。龙注意着周边的动静,会一下子把靠近的人给吞了。"

可三苹果之子是一个勇敢的男孩,他不感到害怕,他相信自己

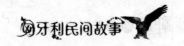

的剑是所向披靡的。但是这件事情他没有告诉金冠鸡。他说："那你告诉我,去哪里可以找到阴险国的花园呢?"

"有一座说话山,"金冠鸡说,"那座山里有一块大理石板,要是有人能看到那块板上的字,就可以打开那座山的嘴巴,那座山的嘴巴发出的声音跟人一样。"

"那你再告诉我,我怎么才能到那里去呢?"

"你切下我鸡冠的一小部分。"

"你不会疼吗?"三苹果之子问。

"你只管切下鸡冠的一小部分,不要管我疼不疼。"金冠鸡回答他。

三苹果之子从鸡冠上取下一小部分,然后金冠鸡说:"你把这一小部分扔到天上去,它就会一直走在你的前面。如果它停了,那你就到了。剩下的就是你的事情了。"

一切就像金冠鸡说得那样,金冠在前面带路,三苹果之子在它三米后紧跟着。他们走了三天三夜,直到进了一片森林,森林的中间有一座高山,金冠就停在山的上方。三苹果之子马上明白了,他已经抵达目的地。

他环顾山的四周,终于找到一块板子,上面究竟写着什么呢?它写着谁要是想打开这座山的嘴巴,那他就要凭借自己的力气在森林里拔起十二棵有香气的松树,把它们做成篝火,点燃它们。直到最后一丝火星烧尽,山就会打开自己的嘴巴。

三苹果之子把树一棵棵地拔出,排好,做成篝火木材的样子,然后点燃了它们。这十二棵树烧了很大的火,松树在火光里发出迷人的香气。当最后一丝火星将要熄灭时,山发出了低沉而又震颤的声音:"地上行走的人,你用自己的力量拔了十二棵香松,用它打开我的嘴巴,你有什么愿望?"

三苹果之子说:"请你告诉我,阴险国的仙人花园在哪里,还有被魔法变成公鸡的仙人的新娘又在哪里。"

山回答道:"海洋的底部有一座玻璃山,那里面住着他的新娘。"

"那阴险国的仙人花园在哪里?"

"你只管往东走,看着你头顶上的金冠。"

金冠立马动了起来。它走了七天七夜,三苹果之子跟了七天七夜。然后金冠停了下来,花园到了。

三苹果之子进入花园,那口井旁边果然守着一条长着十二个头的龙。它看到三苹果之子,大吼一声,整个院子都颤抖了起来。阴险国的仙人醒了过来,但是他以为是什么鸟飞了过来,打扰到了龙。

中间的龙头已经开始喷火,但是没用。三苹果之子拔出自己的剑,自如地使用着,他一下子就砍掉了龙的三个头,他挥了四次剑,把龙的头全部斩落。这时候,阴险国的仙人才开门跑到院子里。三苹果之子精疲力竭,躺在地上睡着了,他甚至都没有意识到

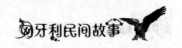

自己被阴险国的仙人绑了起来。当仙人把他扔到地窖的时候,他才被惊醒。仙人大笑着对三苹果之子说:"小弟弟,我们三周之后再见!这期间你什么东西也吃不到!"

三苹果之子只是吹了吹小口哨。

三个星期后,阴险国的仙人来到地窖,他觉得这个家伙肯定已经饿死了。仆人把木材铺好,打算一会儿把三苹果之子煮了吃。但是当他们走近地窖的时候,他们听到三苹果之子正在大声地吹口哨!

阴险国的仙人很生气:"我都准备等你死了,然后把你的身体吃了。你还活着?那我就生吃了你!"仙人抓着三苹果之子,想把他直接放到篝火上去。但是三苹果之子也不是软弱的,他抓住阴险国的仙人,钳住了他的手和脚,直接架到了庭院里。他对仙人说:"你知道吗?有一句话叫作自掘坟墓,你刚才想把我煮了,现在我要把你给煮了。"

然后,三苹果之子在火上把阴险国的仙人烤成了灰烬,风一吹,灰全部飘走了。自那以后,世界上就再也不存在阴险国了。

三苹果之子找来一个小容器,他从井里取出水装满,然后走上了返程的路。那个金冠是一颗好星星,始终在空中等着三苹果之子。他们再一次一同启程,走了三个星期,终于回到了金冠鸡住的那座森林。星星就在这个时候消失了。三苹果之子躺下来睡觉。

他一直睡到早晨,天亮的时候他又一次听到鸡叫声醒了过来。

看到金冠鸡站在树上,他对金冠鸡说:"从树上下来吧,金冠鸡!"

金冠鸡从树上飞下来,然后问三苹果之子:"你旅途还幸运吗?"

"真是很遗憾,"三苹果之子回答道,"我没能帮助你,我没法靠近那口魔法水的井。"

金冠鸡特别难过,垂下了脑袋,三苹果之子趁着鸡没注意,拿出了装水的小容器,三次洒到了金冠鸡的身上。金冠鸡受了一惊,它颤抖着,变成了一个仙人。三苹果之子面前立刻出现了一位好看的年轻人,他拥抱了三苹果之子,并亲吻了他。他想做三苹果之子的仆人以示感谢。

三苹果之子说:"你知不知道自己的新娘发生了什么事情?"

"我不知道。"仙人说,"因为我那时候已经被施了魔法。"

"我问了会说话的山,它说,她在海里的一座玻璃山里关着。但是那片海在哪里它却没有说。"

"我知道那片海在哪里,"仙人说,"但是对此我做不了什么。谁能看到海的底部呢?我可看不到。这样的话,我们怎么找得到她呢?"

"你只管相信我就好了。"三苹果之子说,"我们现在就上路吧。"

他们走了一段路,仙人有法术,他会飞,于是他对三苹果之子说:"不然这样吧,你坐到我的背上来,我带着你飞。"

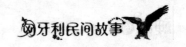

"我会很重的。"三苹果之子说。

"那算不上什么。"仙人说,"如果我觉得累的话,我会停下来,我们再继续步行。"

他们飞了一段时间,然后停下来步行了一段时间。就这样,他们一边飞,一边走,在路上花了三天三夜,总算到了海的边缘。

"我们到了。"仙人说,"三苹果之子,我们已经在海边了,你看到了吗?"

三苹果之子回答说:"我们飞到海的中间去,让我能看到两侧的岸。"

他们飞到海的中间,三苹果之子说:"我们已经找到你的新娘了,仙人朋友。我这下不奇怪了,为啥阴险国的仙人要跟你抢新娘,你的新娘是个美丽的姑娘!"

"你已经看到了吗,朋友?"

"是的,我已经看到了。"三苹果之子说,"她现在正在玻璃山里面梳头呢。我们到岸边停下来。现在这个位置我帮不了你什么。我们怎样才能到那里呢?因为我没法往水里边走。"

"你看到在哪里就好,别的交给我吧。"

仙人跳入水中,在水下对着梭子鱼喊了一声,梭子鱼是游泳游得最好的鱼,他找到鱼伙伴,请它们一起把玻璃山从底部慢慢抬出水平线。

没出一刻钟,玻璃山就被梭子鱼们缓缓地抬了起来。三苹果之子正好能够到玻璃山,他拉了一下,把玻璃山拉到了岸上。然后,他小心翼翼地敲开玻璃,仙女毫发无损地从玻璃山里被解救了出来。

这对情侣快乐地拥抱在一起,他们都高兴极了。他们曾一度觉得,这一辈子都有可能不会再见面了。他们再一次拥抱在一起的时候,一只鹰落了下来。仙人发现了鹰,示意它飞回去,把信息带回去给他的母亲,说自己在这里,让她派一辆车来接他们,好让他们早早回家,因为他们都会飞,但是三苹果之子不会飞。不久,车就到了,四头鹿拉着一辆金色的车,他们三个人坐进去,回到了神仙国。

家里人看到他们也非常高兴。仙人高兴地向自己的母亲和妹妹介绍说,是眼前的这个男孩从法术里解救了自己,解救了自己的新娘。三苹果之子想要与他们告别,但是仙人却不舍得:"留在这里吧,朋友,留下来参加我的婚礼,你可以从我的两个妹妹中选一个做自己的妻子。"

三苹果之子留了三天,见证了仙人和仙女的婚礼。他也曾有机会娶妻,但是他却无法爱上任何人,他只爱飞翔的城堡上的那个姑娘。他看着两个姑娘,想着:"她们可以嫁给我的两个哥哥。"

在宴会之后,仙人问三苹果之子路途的目标究竟是什么。三苹果之子说,他要找一座飞翔的城堡,但是关于它的消息没有人听说过。仙人对他说:"你帮了我,那我也要帮助你。我们一起

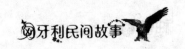

上路。"

两人一块走了,他们跟以前一样,飞飞走走,一直行了三周整。他们穿过了七个国家。

他们再一次飞过海的上空时,三苹果之子在远处瞥见了什么?飞翔的城堡!他立马拍打自己朋友的背,让他赶紧朝着飞翔的城堡飞去。他们飞了三天三夜,最后终于追上了城堡,那座三苹果之子朝思暮想的城堡。

他们看到那位姑娘现在就在阳台上,但怎样才能毫无动静地上去呢?

仙人说:"朋友,不然我背着你飞到城堡上空,然后降到城堡庭院里去,你再爬下我的背,进到姑娘房间里去?"

三苹果之子说:"谢谢你,我的朋友。但是你已经有妻子了,别再拿你的生命跟我一起冒险了。我只有一个请求,我有一对年迈的父母,还有两个哥哥,你要找到他们、解救他们,然后把他们带到你那里,把你的两个妹妹嫁给我的两位苹果之子哥哥。"

于是他们就分别了。仙人朝着他们来的路回去了。三苹果之子则来到了城堡的院子里,进了宫殿。他进门,挨个走进房间,很快找到了姑娘所在的阳台。三苹果之子走进去的时候,姑娘正在抽泣。

三苹果之子问她:"我亲爱的爱人啊,你为什么要哭泣?"

姑娘说:"我怎么能不哭泣呢?我已经被困在这座城堡、这个阳台上三年了。"

三苹果之子看着她，看到了姑娘的手和脚都被链子锁着，链子上有一个大锁。他掰开了姑娘手脚上的链锁。他根本不用找钥匙，因为他的力量就是他的钥匙。

"现在你告诉我，我的爱人，你是怎么被关到这里的？"

姑娘开始讲述自己的故事："我是一个国王的女儿，一次我的父亲去打猎，进了一片森林，但是没有找到任何猎物。当他从猎场回来的时候，遇到了一个大怪兽。他拉开弓，射中了怪兽。怪兽离开了，但它对我的父亲说他会付出惨痛的代价，让他好好看着自己唯一的女儿。我的父亲只是笑了笑，没当回事儿，一个怪兽怎么可能靠近王宫呢？周围可是有好多侍卫。但回去后他越来越不安，虽然嘴上没说，但是我们都能看出来，他异常忧伤。问他也是徒劳，因为他总在我们面前隐藏悲伤。后来他可能忘记了这回事儿，或者他也曾想过怪兽无法兑现他的威胁。一天，我偷偷溜到花园里散步，因为父亲对我的保护很严格，无论我去哪里都有随从跟着我。突然之间，有东西嗡嗡作响，吸引了我的注意力。于是我环顾四周，想找到声音的来源，发现原来是一座飞翔的城堡。我看到飞翔的城堡径直朝我飞来，就在离地面还有一米的时候，里面跳出一个怪兽，把我抓了进去。等我从惊恐中恢复过来的时候，就发现自己在这个阳台上了。起初还没有链子捆着我，城堡的屋子我都可以自由地进出，但怪兽每天都会来找我，要求我做他的妻子。我不听他的话,总是想逃跑,所以就被锁在了这个阳台上。好在他没有伤害我,我什么也不缺,就是不能自由走动。现在他仍是每天都会出现,问我想清楚没有。但直到审判日的来临,我都不会成为它的妻子。"

"嗯。"三苹果之子回应道,"那我去哪儿能找到这个怪兽呢?"

公主回答说:"这座城堡共有一百个房间,怪兽就住在第一百个房间里。据我推测,他现在应该正在睡午觉。他所向披靡,因为他喝了一种酒,这种酒就藏在城堡酒窖的酒桶里。如果你想和他决斗的话,你快去喝了这种酒,这样你就能战胜他了。"

三苹果之子找到了酒窖和酒桶,他都没用杯子,直接拿起酒桶往嘴里倒了进去。他觉得自己突然强壮了起来,身体里的力量就像铁块一样强大,他觉得自己身体里有一千个人。他立马去找怪兽。

三苹果之子走到第七个房间的时候就听到了怪兽的打呼声,他朝着打呼的方向走去。找到第一百个房间,他踢了踢怪兽的床:"快醒醒,怪兽!"

怪兽醒过来,揉了揉眼睛,看到自己眼前站着一个普通人,他就躺着说:"你怎么敢打扰我的美梦!"

"因为我们两个中必须要死一个!"三苹果之子回答道。

"可以!"怪兽回应道,"虽然你是个凡人,但勇气可嘉,放马来吧!"

那房间里有只一公担重的大铁球。怪兽坐了起来,对三苹果之子说："谁要是能用那铁球打穿墙，谁就赢了。"

"怪兽，那你先扔！"

怪兽抓住铁球，用半只手把球甩进了墙中，球只进了墙面的一半。三苹果之子不甘示弱，从墙里面拔出铁球，狠狠地甩向墙，球穿过了墙面，滚到了外面的院子里。怪兽这才开始正视眼前的人，他说："看出来了，你是个强壮的人。我们去院子里决斗！"

他们在院子里缠斗在一起。三苹果之子身上有一千人的力量，怪兽身上有一千两百人的力量，所以三苹果之子被摔在了地上，差一点没有保住命。三苹果之子艰难地从地上支撑起自己，重新聚集起自己身上一千五百人的力量，而此刻怪兽只有一千两百人的力量。这次，三苹果之子狠狠地把怪兽摔在了地上，就像把煎饼摊平在锅上，一下子把他邪恶的灵魂打出了身体。

三苹果之子立马跑到阳台去找女孩，他站在她面前，说："我心中的爱人啊，你知道吗？我整整追逐了你两年啊！"

然后，他开始叙述自己的故事，他如何在飞翔的城堡中看到她，对她一见钟情。这时候，姑娘也对三苹果之子产生了感情，因为他是自己的生命的保护者，而且他也是个英俊的小伙子。他们在飞翔的城堡上对彼此许下了承诺。

但是，三苹果之子不喜欢这永无休止的飞行。他问女孩，如何才能停止城堡的飞行。姑娘知道城堡的两侧有一双翅膀，但她不知道怎么让翅膀停止挥动。

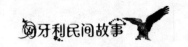

"如果不行的话，"男孩说，"我就把两个翅膀斩断！等我看到地的时候，我就那么做！"

他们就在阳台上聊着天，三苹果之子突然跳了起来，然后对姑娘说："我心中的爱人哟！我不仅看到了地，还看到了城市！"

但公主第二天啥也没看到。到了第三天，当城堡经过城市上空的时候，已经下降了不少，三苹果之子拔出剑，倏地一下就砍断了城堡一侧的翅膀，然后又砍断了另外一侧的翅膀。这里正是好地方，因为这座城市恰好是公主父亲的首都。

距离公主离开这座城市已经三年了，整个城市都在哀悼。每家每户都挂着黑色的旗子，日日夜夜都不曾摘下来过。国王颁布了严格的条例，每个人甚至连笑一下都不可以，要是谁违反了规则，嘴巴稍微有点要微笑的样子，那国王就会狠狠地惩罚他。

国王注意到这声响，他走到院子里，看到了飞翔的城堡！当他看到自己失踪已久的女儿和一个年轻人从城堡上跳下来的时候，他喜极而泣。公主立马向自己的父母介绍了自己的未婚夫，也是自己的保护者。

这座城市里的人停止了哀悼。国王重新颁布了法律，每个人都降下自己的黑色旗帜，欢庆起来。之后，三苹果之子和公主举行了婚礼，他们请来了仙人、另外两个苹果之子，还有年迈的父母，一同欢庆。

如果他们还没有死的话，现在还活着呢！

神奇的牛

很久很久以前,在太平洋的另一端有一位穷人,他有一个儿子。穷人的妻子已经过世了,他又娶了另外一位妇人做老婆。这位妇人有五个女儿。最小的女儿有三只眼睛,四女儿有四只眼睛,三女儿有五只眼睛,二女儿有六只眼睛,大女儿有七只眼睛。

这位穷人有两头小牛。在右边拉车的那头牛叫西拉。男孩每天都把牛赶在自己前面,每次出去后母只用麦麸给他烤个面包带着。所以男孩能吃的也只有麦麸面包。西拉牛看着男孩可怜,对他说:"我亲爱的主人呀!你只能吃麦麸做的面包!我右面的牛角里有取之不尽的食物,你取下来吃吧。你把我右边的牛角拔下来,想吃什么就从里面拿。"

男孩把牛右侧的角拔了下来,立马出现满满一桌子的食物。他又吃又喝,然后把牛角塞了回去。

就这样,日子一天天过去了,男孩子越来越壮,气色越来越好。继母心中深感诧异,不知为何小伙子吃麦麸也能长得这么好。她

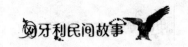

算计着,让自己的小女儿明天去窥探一下,男孩到底吃了什么东西。

牛可是神牛,它知道第二天会发生什么。它对男孩说:"听着,明天那个三只眼的姑娘会跟我们一起出门。只要她不睡,你就陪着她玩儿。但你得好好看着她的眼睛,必须是每只眼睛都闭起来了才可以,不然她就会看到你从哪儿取的食物,这样你就有麻烦了。"

男孩按照牛说的做了。他一直跟姑娘玩耍,直到姑娘睡着,她的每一只眼睛都累得闭上,他才从牛角里拿出食物来,然后立马把牛角塞了回去。他们晚上回去的时候,后母小声问自己的女儿:"他吃了什么?"

"只吃了麦麸面包。"姑娘说。

第二天,后母又让四只眼睛的姑娘去窥视男孩到底吃了什么东西。但是牛又一次告诉了他要小心,记得跟四眼的姑娘一直玩到她睡着为止,而且不要忘了检查她所有的眼睛。男孩又一次照做了,等到姑娘睡着的时候,他拔出牛角,又吃又喝,然后把牛角塞了回去。晚上回去的时候,妈妈问自己的女儿看到了什么。姑娘一问三不知。

又过了一天,继母让五只眼睛的姑娘去。但是牛还是告诉了男孩即将发生的情况。叮嘱男孩要和姑娘一直玩耍,一直到姑娘累得五只眼睛都闭上。

男孩照做,等到姑娘睡着,然后吃饱喝足,塞回了牛角。晚上回去的时候,姑娘对母亲说,什么也没看到,只看到男孩吃了麦麸面包。

又是一天,母亲决定让六只眼的女儿去窥视。母亲强烈要求她必须看到男孩到底做了些什么事情。但是她和别的妹妹一样,什么收获都没有。晚上妈妈把她狠打了一顿,就因为她什么也没有看到。

这时候她们决定,是时候让七只眼睛的姐姐去了。但是牛再一次对男孩说要注意。牛哭着对他说:"那七只眼睛的姑娘,一定要跟她玩到七个眼睛都闭上,如果一不小心疏忽了,我们可都惨了。"

男孩和姑娘一直玩呀玩,玩到姑娘睡着。男孩检查了姑娘的眼睛,但是有一只眼睛在脖子上,他没有看到,实际上姑娘并没有完全地睡着。那只眼睛看到了男孩拔开牛角,从里面拿出了东西吃吃喝喝。

晚上她对自己的妈妈说了男孩为什么长得那么好,长得那么壮:"他吃的那些东西,跟男爵也没啥差别了! 他是从西拉的牛角里拿出来的。"

这下继母就知道他到底出去做了些什么。她把自己弄生病了,然后对丈夫说,自己只有吃了西拉的肉身体才能康复。

父亲尽管舍不得,还是同意杀了那头牛。牛哭着告诉男孩,他的父母将要对它做的事情:"你得知道,小伙子,明天我就会被杀了。但是你帮我的话,我们就都能逃走。明天他们牵着我去屠杀的时候,你就求你的父亲,说你要亲手把我牵到屠宰场。当我跪下的时候,你就马上跳到我背上。"

第二天,他们要把牛宰了。当牛跪下的时候,男孩跳到牛背上,牛一下飞到了半空中。

男孩和牛飞了很久很久,然后他们来到了一片铜树林。男孩从牛背上爬下来,看到铜花想去摘,他对牛说,自己去摘一朵,然后别到帽檐上。说完,男孩就去采了一朵花,插到帽子上。这个时候,牛说话了:"哎呀,小伙子! 你为啥不让我安生哪! 你摘了这朵花,我又要受罪了!"

他们离开铜树林后,迎面来了一只大狼。

"哎哎,站住,你们怎么闯进了我的铜森林? 西拉牛,你过来跟我打一架。"

"我不介意,"西拉牛说,"我就来跟你斗斗。"

他们开始动手,西拉牛没几下就抓住了狼,往上甩去,狠狠地打了它三下。等狼掉回地上的时候,浑身的骨头都断了,已经不能动了。牛对男孩说:"你看到了啊,我们差点成为这狼的猎物。你在森林里别乱摘东西了。"

他们走啊走啊,走了好久好久,来到了一片银森林。男孩求着牛说,他还想在这片森林摘一朵花,牛不同意,他就一直恳求。最终,男孩在银森林里摘了一朵银花。他们走啊走啊,几乎快要到森林尽头的时候,迎来了一只狮子。

"西拉牛,你在我森林里做了什么? 我听到你在我的森林里搞破坏。"

于是西拉牛和狮子打了起来。西拉牛的角穿破了狮子的身体,但是狮子也把牛的右耳朵给咬了下来。

"喏,"牛对男孩说,"你也看到了,我身上已经留下痕迹了。你就别再试第三次了,因为我可能会失去生命。"

他们走啊走啊,没多久他们来到了一片美丽的金森林。森林里到处都是美丽的金花。男孩又开始恳求,他想要摘一朵金花。牛哭着对男孩说:"你别摘,因为这片森林不止一个护卫。"

但是男孩听不进去,他还是自顾自地摘下了一朵花。牛摇了摇头:"我早就预料到了,我的生命到尽头了。如果我跟兔子决斗的话,我右边的牛角会远远地掉出去,你就赶紧捡起来藏到手帕里,里面会有你足够的食物。"

当他们抵达森林尽头的时候,眼前出现了一只老虎、一条三个头的龙和一只黑色的兔子。龙老大说:"西拉牛啊,现在要么卖了你自己,跟这个男孩一起做我们的奴隶,一直到死,要么就跟别的人一样跟我们来斗一场,最后沦为灰尘。你为什么要破坏金森林?"

男孩开始难过了,他号啕大哭,他害怕牛会死。但是牛说:"别

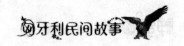

哭,这不会是我最后的生命时刻,我现在就上去决斗。"

第二天中午,牛弄断了老虎的脖子。牛要去休息,他对男孩说:"如果有谁来找我,你就对它说,明天中午我会来这里。如果它逼你的话,你就吹你的笛子,我就会马上过来了。"

黑色的小兔子来了,它问男孩:"西拉牛在哪里?"男孩吹起了笛子,曲调非常欢快,是舞曲的调调。黑色的小兔子说:"别吹了!你只要告诉西拉牛,明天中午来决斗,这是森林的主人——三头龙的命令。"

然后牛就来了,它问男孩:"你为什么吹笛子吹得那么欢快?"

"这小兔子来的时候,我怎么能不吹呢? 它说,它要跟你决斗!"

"这会让我牛头落地啊!"

的确,事情就这么发生了。当它们准备好要决斗时,小兔子在牛的周围打转,然后躲到了牛肚子下面,它把牛扔上了天,最后狠狠地击打了牛的肚子,牛的右角远远地掉了出去。

男孩捡起了牛角,放到了手帕里,然后躲得远远的。他来到了一片美丽的草原,坐到一条小溪旁,拿出了牛角中的食物和水,吃了一会,喝了一会,然后躺下睡着了。当他醒来的时候,他看到整个草原全是羊群。他开始难过,他怎样才能把这羊群赶到牛角里去呢? 因为这些羊都是从牛角里出来的。

这时候来了一个老妇人,她是一位真正的巫婆。她看到男孩一个人暗自忧愁,三两句就问出了原因:"我不知道怎么把这些羊赶回牛角里去。"

"如果只是这个问题的话,"巫婆说,"那就没什么大不了的。我帮你赶回去,不用太多的酬劳,不过你要发誓你永远都不会结婚。"

男孩非常艰难地起了誓,老妇人一眨眼就完成了这个奇迹,一下子把羊群全部赶进了牛角里。男孩和老妇人告别,然后继续往前走。

不久后,男孩找到了一个大风车,他想借宿一晚。磨坊主是一位特别美丽的姑娘,男孩爱上了姑娘,姑娘也爱上了男孩,她请求男孩娶自己为妻。但是小伙子说,他自己曾经发过誓,永远不能结婚。

"如果只是这个问题的话,"磨坊姑娘说,"我可以帮你。你要勇敢一点,就不会有任何问题的!"

于是他和女孩结婚了。

等他们的婚宴结束后,一整屋子的人都睡下了,新娘起来朝桌子上放了一片面包和一壶水,又把铁勺子和扫帚倒着竖在门旁。果然,男孩曾经的誓言起效果了,半夜巫婆就来了。

她对扫帚说:"开门! 扫帚! 打开门!"

扫帚说:"不能哎,因为我的头在底下。"

她对铁勺子说:"开门! 铁勺子,开门!"

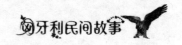

"我也没法开门，因为我的头在底下。"

巫婆对着房子大喊："出来！结婚的人！今天就是你的末日！"

但这时候面包回答说："嘿，你这个坏巫婆，没我的允许，哪能轮到你？他们把我种下，等我长大，将我收割，然后脱粒，将我磨成粉，把我放在水里揉成面团，烤了我，然后吃了我。这些痛苦我都承受下来了，我都原谅了。"

"哎呀，我的天哪！"巫婆大叫，"这里居然有比我更大的巫婆！"

巫婆气得自己裂成了两半。

参加宴席的狐狸和狼

一天，村里有一场宴席。狐狸闻到了气味，它想，要是能溜进去就好了。它说服了狼跟它一起去宴席瞅瞅。

狼说："走吧！虽然我怕到时候咱会后悔。"

狐狸回答说："怕什么呀！跟我走就是。"

等它们到院子的时候，宾客们都已经在屋子里入席了。

狐狸说："狼兄弟，你现在就在这里守着，我去看看哪儿可以进去。"

狐狸到处嗅嗅闻闻，然后小心翼翼地溜进了门廊。

"我就从这里进房间去。"狐狸暗自想着，到处找房间在哪里。门廊上一个人也没有。它到处嗅闻，终于找到了想去的地方，它打开房间门，看到里面有好多的葡萄酒，还有巴林卡白酒，各种点心也应有尽有。"哎呀，真是来对了地方呀。"它想着。它把自己的狼兄弟也喊了进来。

两个家伙现在都溜了进来，准备大干一场。它们正准备吃糕

点的时候,发现一旁的罐子里有好吃的卷心菜包肉。狐狸对狼说:
"我们还是先尝尝这个吧!"

于是它们就开始吃卷心菜包肉,接着是卡麻花面包、烟囱面包、甜甜圈……

狼说:"哎呀,我的狐狸兄弟,我们现在去找点喝的吧。"

它们找到一个大桶,拧开龙头,里面就流出了好喝的酒。它们大喝特喝,最后都喝醉了。它们开始醉醺醺地唱歌了!这两家伙嚷得一个比一个大声。但狐狸至少还存留了点意识,它在门槛下面挖了一个洞,要是有什么危险发生的话,它的小身子正好可以躲进去。

这个时候,厅里的人们正在喝汤,厨师太太准备把卷心菜包肉端出来给客人们。当她打开房间门的时候,她被她看到的一切吓坏了:一只醉醺醺的狼和一只醉醺醺的狐狸缠在一起唱歌!

她赶紧跑到宾客们那里,惊恐地把自己所见的一切告诉了大家。那些人听了后不相信,只觉得这是宴席上的一个笑话,但还是有几个人想去看看到底发生了什么。等他们到的时候,狐狸早就躲到了自己挖的洞里,只有那只醉醺醺的狼还躺在地上。他们把狼抓住狠狠地打了一顿,狼骨头差点都断了,几乎不能爬出房子。

狐狸趁机逃跑了,逃窜到了村庄的尽头。它躺在一些干草上,然后睡着了。等它醒过来的时候,它发现有东西在挤它。它困乏地睁开眼,看到是狼兄弟!狼现在还没完全清醒过来,骨头也断得七七八八，它哀号着对狐狸说："我都没能逃走！"

狐狸回答它："你哀号什么呢？你看你的骨头只是断了，我的骨头都从身体里掉出来了。你看，白不白？"然后它捡起刚刚躺卧的干草，装模作样地给狼看。

狼求狐狸把自己背到背上，因为人马上就会找到这里来。

狐狸说："我怎么能背你呢？你也看到了，我的骨头都已经掉出我的身体了。还是你背着我跑吧。快点。"

傻傻的醉狼一点理智都没有，就这么把狐狸背了上去，然后开始跑。狐狸在狼的背上咧开了嘴笑，然后高兴地大声歌唱："被打的背着没被打的，被打的背着没被打的。"

狼说："你在我背上嚷嚷什么呢，狐狸兄弟？"

狐狸说："哎呀，亲爱的兄弟呀，我在说，被打的背着没被打的，被打的背着没被打的。"

狼这时候完全明白了狐狸在说什么，这时它已经背着狐狸走了老远的路。它非常生气，把狐狸从自己的背上扔了下去，想让狐狸的肋骨也被摔断。

狐狸气呼呼地爬起来，可是呀，狐狸毛又厚又软，它的骨头怎么可能断呢？

于是它们大打出手，什么也看不见，什么也听不到了。它们都没意识到，宾客们赶到了这里。人们包围住它们，把它们带回了家。

绿胡子的国王

很久很久以前，在遥远的地方，有一位绿胡子的国王。

一天，绿胡子国王决定出去闯荡。很久以后，他发现自己已经离开家十二年了。他对奔波的生活感到困乏，觉得渴极了，于是坐到了湖边。他弯腰凑近湖水，想让自己大口喝水。但他喝一两口后，就有人抓住了他的胡子。他对着水面喊道："你听到了没有？我不知道你到底是谁，放开我的胡子，你还能好好的！"

但那人把国王的胡子抓得更紧了。那股力量几乎把国王拽到湖里去。这时候水里传来一个声音："如果你能给我你国家的一样东西，这样东西是你不知道的，那我就放了你的胡子。"

"我的国家怎么可能有我不知道的东西呢？最小的一根针我都知道！"绿胡子国王说。

"那你得允诺我，如果这样东西是你国家的，而且是你不知道的，那么这样东西就归我了！"水中的怪物国王说道。拉绿胡子国王胡子的就是这个人。

"好吧,可以。你随便拿去吧。我们国家的面包,要是我不知道的话,你也烤不出来。"绿胡子国王说。

于是怪物国王放了他的胡子。当绿胡子国王回去的时候,他想着,到底什么东西是自己不知道的呢?

等他到家的时候,跑过来一个年轻漂亮的小伙子,小伙子跳到他的跟前,不停地亲吻他:"哎呀,亲爱的爸爸,你把我们扔在这里太久了。太好了,你总算回来了,我是雅诺士。"

国王只是看着他,然后推开这孩子。

"我是谁的父亲?还有,你是谁的儿子?我不认识你!"

这时候,他的妻子走上前,确定地跟他说,这就是他的儿子,他离开家的年数,正是这孩子的年龄。

这时候绿胡子国王才想起来他对怪物国王允诺的事情。这个漂亮的孩子就是他不知道的呀!要是不把这孩子给出去就好了。可是,国王下一秒又害怕,万一这个怪物国王过来讨要怎么办?

国王把儿子叫到跟前,把所有的事情都告诉了儿子。儿子没有被吓到,他让父亲放心,自己走了也会没事的。第二天,王子准备好,就上路了。

王子走啊走啊,跨过了七个国家,来到了一个湖边。这就是他爸爸的胡子被人抓住的湖。水中有七只好看的金鸭子在游泳,风把一件衬衫吹到了岸边。他弯下腰捡起了衬衫,打算放进自己的行李里。这时候,七只鸭子中的一只突然变成了一位异常美丽的姑娘，她对王子说："美丽的王子呀，我知道你是谁，我也知道你去哪里。你是绿胡子国王的儿子，来找我的父亲，因为我爸爸和你爸爸打赌，我爸爸赢了，你就归了我爸爸。你把我的衬衫还给我，这样好人会有好报的。"

王子把衬衫给了她。姑娘穿上衣服，从手上摘下一枚金戒指给王子："你把这个带走。你从城堡的大门进去，别人就不会发现了。你只需要转动戒指，门就会自己打开。你进去后，我的爸爸会让你做一些你做不到的事情，我会成为你的帮手的。大概晚上八点的时候，我会变成一只蜜蜂来撞你的窗户，你就放我进去，你别害怕。"

王子套上戒指，与姑娘告别，然后来到了怪物国王的宫殿前，眼前的宫殿有十二扇大门。他转动戒指，这些门就全部自行打开，他的眼前站着怪物国王。

"尊敬的国王啊，我的阁下！我来到你的面前了。"

"人来了就好。"怪物国王说，"你说话很大胆，你是不是不知道你来到了谁面前？"

"我知道，"王子回答道，"你和我的爸爸没什么不同，他是国王，你也是国王，就是这样。"

怪物国王非常生气。

"你等着，你需要完成三件任务，你如果完不成，那你的生命就到尽头了！这里有一片卷心菜叶，你拿好。我把你关到一间房间去,你就祈祷着明天能用它做出一顶鹤羽毛的帽子吧!"

说完他们就把王子关进了屋子。三侧的门全部被锁上,里面放上了食物和饮料。当屋子里只有王子一个人的时候,他难过极了。

"嘿,不能哭,不能让怪物国王看笑话!"他对自己说,"是啥就是啥,我也只能交出原本的东西,我怎么可能用菜叶子做出鹤羽毛的帽子呢?"

王子一边思考着,一边感到难过。这个时候,他听到了窗边蜜蜂的嗡嗡声,他想起了那个美丽的姑娘。他跑过去,听到蜜蜂对他说:"放我进去,我可以帮助你呀。"

他立马打开了窗户,蜜蜂飞了进来,变成了一位美丽的姑娘。

"我亲爱的,告诉我,怎么帮你。"

王子把事情告诉了她,说自己要用卷心菜叶子做一顶鹤羽毛的帽子。

"如果问题是这个的话,"姑娘说,"那也没什么大不了的。菜叶子在哪里?"

"在这里。"

"好,你看好了。"就在一瞬间,桌子上变出了一顶很漂亮的鹤羽毛帽子,克舒特·劳约什的帽子还不一定有它好看呢!

王子看得目不转睛,这种事情他可从来没有见过。这时候漂亮姑娘说:"明天晚上我还会来,你明天别像今天一样,让我等太

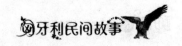

久。只要你听到了蜜蜂的声音,你就把它放进来。现在我要走了,你去打开窗户。"

于是,姑娘又变回了一只蜜蜂,飞走了。

王子安然地躺回去了。他知道,明天怪物国王会来看一眼的。第二天早上,怪物国王来找王子。他往里没走几步,就看到了桌上有一顶极漂亮的鹤羽毛帽子。他对王子说:"好,现在你勇敢地完成了这个任务。既然你这么行的话,你还会有第二个任务。"

"请说。"

"这个任务你可不一定能完成。"怪物国王走到外面,带进来一杯卷心菜汁,"如果你明天早上不能把它变成银马刺的话,你的小命就完了。"

王子只是耸了耸肩。

怪物国王立马就走了,把王子一个人留在房间里。

"卷心菜汁和银马刺!这怎么可能!这个国王脑子真是有问题,能想出这种刁难人的主意!"他暗自想道。

他等着夜晚的降临,八点的时候,小蜜蜂来了:"让我进去,我来帮助你!"

他把小蜜蜂放了进来,蜜蜂变成了小伙子在湖边看到的那个姑娘。他告诉姑娘她父亲的命令。但是这件事情对于姑娘来说还是小菜一碟,她立马把卷心菜汁变成了银马刺。王子多高兴啊!他拥抱了姑娘,亲吻着她,正如他心想的那样。姑娘又变回了蜜蜂,然后飞走了。

第二天,怪物国王又来看王子,他看到了一只非常漂亮的银马刺。他立马激动了起来,他要找到一切办法打败这个小伙子。他拿来一罐已经过滤好的干净的水。

"给你,明天早上要是做不出一把铜斧头,那你就可以把你的遗言准备好了。"

王子什么都没有说。等到夜晚降临的时候,他相信一切都可以解决。但是,当蜜蜂变为姑娘,知道她父亲的要求的时候,她摇了摇头,说她也没有办法了。

"你知道吗?"姑娘对王子说,"我们得赶快离开这里,不然我俩都会得到不好的下场!我一会用我的杖把你变成一枚金戒指,我的马驹会变成一只金苹果,我会变成一只鸟,然后我们就离开。"

话音刚落,她就这么做了。王子变成了一枚金戒指,姑娘的马驹变成了一只金苹果,女孩儿变成了鸟,鸟儿含着戒指,脚上挂着苹果,然后飞啊飞啊,想到哪儿,飞到哪儿。

第二天早上,国王发现自己的女儿,还有那位王子都不见了。他立马知道女儿跟着那位王子走了。他对仆人说:"你赶紧上路,去把他们带回来!"

仆人尽了全力赶路,就跟闪电一样快。鸟儿对戒指说:"哎呀,我感到我的背后有一阵风,有人在追我们!"的确就是这样。

鸟儿看到了一个茂密的灌木丛,她躲到了灌木丛里。

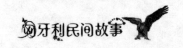

没一会儿,仆人就赶了上来,但是四处都找不到人,他转悠了很久,但是什么踪迹也没有找到。于是他回去了,他对国王说:"尊敬的国王啊,我什么都没有找到啊!整个草原只有一个小灌木丛,里面有一只小鸟。"

"就是那只小鸟啊!你个笨蛋!"国王说,"我知道了,我得亲自去找他们,因为你们太不可靠了!"

要是谁看到了有人走得飞快,那可能就是怪物国王本人啊。他寻找小鸟的踪迹,直到国家的边境,但是没有用。怪物国王的能力只在境内有效,出了自己的国家就不行了。当他看到他们穿过了边境时,差一点气疯了。

小鸟变回了美丽的姑娘,戒指变回了王子,金苹果变回了马儿。他们俩坐在马背上,回到了绿胡子国王的国家。他们在国内举办了婚礼。

阿尔杰鲁斯和仙女伊洛纳

很久以前有一位国王,他有三个儿子。国王有一棵苹果树,树上只结金苹果。这棵树非常神奇,每晚都能开花结果,所以国王的财富日益增长,他的富裕程度在世界上无人能及。

一天,国王跟往常一样去花园里观赏他那美丽的苹果树,但是,枝头上空空落落,有人把苹果摘走了。第二天是这样,第三天也是这样。

他把所有的儿子都叫到院子里,告诉他们,如果谁能找到偷苹果的人,他就把自己一半的财产给谁。侍卫也没有用,守护苹果树对他们来说是很难的事情,一到晚上,沉沉的睡梦会向他们袭来,哪怕只睡一刻钟就醒来,苹果也早就不见了。于是,国王给三个儿子下了命令,让他们去守护苹果树。

先是大儿子出马。他的结果和其他人一样。

二儿子也没好到哪里去。

最终三儿子,阿尔杰鲁斯王子承担了这个任务。他在口袋里

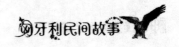

塞了一个装满烟叶的金盒子,然后坐到了苹果树下。

月光照亮了阿尔杰鲁斯王子的脸庞,他已经能感受到睡梦在拉扯他的眼皮,他抽了一小会烟,眼睛睁开了不少,感觉也清醒了一点。第二次抽了一大口烟,眼睛又睁开不少。他突然听到一阵轻语,抬头一看,自己的头上有十三只乌鸦,它们一起飞向苹果树,有一只乌鸦就像是它们的头领,飞在最前面。阿尔杰鲁斯抓住了第十三只乌鸦的腿,对它叫道:"抓住你了,小偷!"

正当他看着乌鸦,突然发现自己的臂弯里躺着一个美丽的姑娘,她金色的头发散落在美丽的肩膀上。

"你是谁,美丽的小偷?"王子问,"我一定不会再抓你了。"

"我是仙女伊洛纳。"姑娘说,"这些乌鸦是我的玩伴。我们为了找乐子才来这里摘苹果的。我不能留在你这里,但是我可以跟你承诺,我永远不会忘记你,因为我爱上了你!"

"留在我这里吧。"阿尔杰鲁斯请求道。

"我不能。"仙女伊洛纳回答,"但是我可以承诺,以后每天晚上我都会过来。我不会再来摘苹果了,我只是想看到你。"

说完的一瞬间,十三只乌鸦就飞走了。

从此,阿尔杰鲁斯王子每晚都去守护苹果树,而苹果再也没有被偷过。

国王的庭院里有一个老巫婆,十分注意阿尔杰鲁斯王子的一言一行。国王也开始好奇,为什么儿子这么喜欢去守护那棵苹果树。他把巫婆叫来,对她说:"我看到你十分注意阿尔杰鲁斯王子,他去守苹果树的时候,你再好好看看。"

巫婆遵循了国王的旨意。等阿尔杰鲁斯王子去守护苹果树的时候,巫婆躲到了灌木丛后面。第二天早上,巫婆去报告国王:"我监视了阿尔杰鲁斯王子。我看到一位极其有魅力的金发少女坐在苹果树下,她是以乌鸦的样子飞到苹果树上的,然后变成了金发女孩。"

"你撒谎,老巫婆!"国王说,"这不可能。"

"但事实就是这样,我的国王。如果你不信的话,我明天可以把证据带来,证明我是对的。"

第二天晚上,阿尔杰鲁斯和仙女伊洛纳在一起嬉戏。他们被老巫婆施了法术,昏昏沉沉地睡去。这时候,老巫婆走了出来,剪了一撮仙女伊洛纳的金色头发,然后慢悠悠地离开了。

仙女伊洛纳醒了过来,嘤嘤地哭了起来,阿尔杰鲁斯也因此醒了过来。

"怎么了,亲爱的?"

"哎呀,阿尔杰鲁斯,你要快乐地活着,我以后再也不能见到你了。我不能再留在你这里了。你的花园里有小偷,你看,小偷剪了我一小撮头发。"

说完,她抱了抱阿尔杰鲁斯,从手指上摘下一枚戒指,套在了阿尔杰鲁斯的手上。

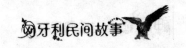

"这是给你的，"她说，"无论在哪里，我都能凭此认出你。"

说完，她拍了拍手，变成一只乌鸦飞走了。

第二天早上，巫婆把那一小撮头发带给了国王。国王非常惊讶，立马叫来阿尔杰鲁斯王子。

"亲爱的儿子啊，你的哥哥们已经成婚了，现在时候到了，我也该让你结婚了。我为你找了十分富裕的公主，你肯定也会满意。"

"亲爱的爸爸，我会结婚的，但是我必须自己选择妻子。我已经找到了我的伴侣，仙女伊洛纳会成为我的妻子！"

国王并不喜欢他的回答，但是说什么也没有用了，阿尔杰鲁斯佩上剑，就踏上了找仙女伊洛纳的旅途。随即，国王的园子挂上了麻布。

阿尔杰鲁斯王子来到一个小房子，找到了一个老太太。他问候了老太太，老太太坐在椅子上，疑惑地问："你怎么会来到这鸟儿也找不到的地方？"

"亲爱的老母亲，"阿尔杰鲁斯问候说，"您可否告诉我，仙女伊洛纳住在何方？"

"我也不知道，亲爱的儿子，但是我的主人——太阳到处都能照耀到，等他回来了可能就知道了。但你得躲起来，如果他看到你的话，你就会被吞噬！"

因此，阿尔杰鲁斯躲了起来。太阳回来了，果然，他一回来就开始说："咦,奶奶,有人肉,很臭!"

说完,阿尔杰鲁斯从床底下爬了出来,问候了太阳。

"你很幸运,你问候了我。"太阳说,"不然的话,我就吃掉你!仙女伊洛纳的事情我也不知道,但我的月亮兄弟可能知道。"

于是阿尔杰鲁斯去找月亮,月亮又把他送到了风那里。

他到了风那里,问候了风,并问风知不知道关于仙女伊洛纳的事情。

"我,"风说,"不知道。但离我不远,有一个森林,里面住着动物之王,他有可能知道。"

阿尔杰鲁斯再次起程,但是走啊走啊,路上什么东西也看不到,他爬上一棵树,朝四周望了望,看看是不是有亮光。他看到远方有点小亮光,是从一个漂亮的小城堡里发出来的。他过去敲了敲门,一个巨人出现在了他的面前,巨人的眼睛长在额头上。

"晚上好,亲爱的国王。"阿尔杰鲁斯问候道,"你能不能告诉我仙女伊洛纳住在哪里?"

"你很幸运,你的问候很有礼貌。不然的话,你就死在我的手上了。我就是动物之王。关于仙女伊洛纳的事情我并不知道,但是我的动物们可能听说过什么。"

说完,他吹了吹口哨,于是所有的动物都来到了宫殿,动物之王问了问题,但是动物中没人知道。最后,走出一只瘸腿的狼。"我!"那只狼说,"我知道仙女伊洛纳的事情。她住在黑色的海对面,我就是在那里弄断自己的腿的。"

"那好,那你把这可怜的小子带过去。"国王说。

瘸腿的狼站了出来,让阿尔杰鲁斯坐到自己背上。他们走啊走啊,走了一年又一年。最终,狼放下了阿尔杰鲁斯。

"我就不带你走接下来的路了,剩下的路要你自己去找,应该离这里不远了,你再走一段就可以到了。"说完,他们就告别了彼此。

阿尔杰鲁斯走啊走啊,他看到了一个山谷,它被三座高山环抱着。山谷中有三个怪物在吵架,他走到怪物们前面,问怪物们为什么吵架。

"我们的父亲过世了,他留下一个斗篷、一条鞭子,还有一双鞋。谁要是披上这个斗篷,穿上这双鞋,拿上这条鞭子,然后说:'呼哈,让我去我想去的地方',一下子就能够到那地方去。所以我们没法达成一致,到底把这些东西给谁。"

阿尔杰鲁斯说:"如果这个就是问题的话,我来帮你们分。你们一个上这个山头,一个上那个山头,还有一个上第三个山头。"

怪物们分别上了山,阿尔杰鲁斯穿上斗篷和鞋子,挥了一下鞭子,然后说:"呼哈,我想去仙女伊洛纳那里!"

于是,他眼前出现了一座水晶宫殿。

正好仙女伊洛纳的一个玩伴往窗外看,她认出了阿尔杰鲁斯,跑进去找仙女伊洛纳,大声说:"阿尔杰鲁斯来了!"

伊洛纳觉得她是在开自己玩笑，甩了她一巴掌。

但是第二个、第三个、第四个、第五个……第十二个都跟第一个说的一样。

阿尔杰鲁斯敲了敲门，一个老太太打开了门。她惊讶地看着阿尔杰鲁斯，然后惊讶变成了喜悦。

"哎呀，太好了，阿尔杰鲁斯，你来了！至少你可以把我们的公主救出来。现在你不能进去找她，因为巫婆给她施了魔法，你只能半夜进去，那时候你能自由出入。如果你能三次亲吻她，那她就能脱离魔法的捆绑。现在你来得正是时候，不然的话，你早就死定了。"

"我不害怕，"阿尔杰鲁斯说，"我可以和巫婆决斗。"

老太太把阿尔杰鲁斯请了进去，为他准备了丝床和丰盛的晚餐，然后对他说："每到晚上仙女伊洛纳就会过来，你可别睡着了。"

但是这位老太太就是那邪恶的巫婆。她有一个哨子，只要吹一下，就可以让人睡着。她这次又拿出哨子，吹了一下，阿尔杰鲁斯睡得根本不知道自己在何方。晚上，仙女伊洛纳来了，她看到自己亲爱的王子，对他喊："快醒醒，亲爱的，如果你亲吻我三次，我就可以摆脱魔咒了！"

但是阿尔杰鲁斯并没有醒过来。早上巫婆对他说："昨天仙女伊洛纳来了，但你睡得像貂皮一样沉重。"

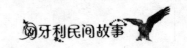

第二天同样如此，第三天也是。

有一次，老巫婆打瞌睡的时候，阿尔杰鲁斯看到了巫婆脖子里的哨子。他好奇地摘了下来，吹了一口，身边所有的仆人都睡着了。

这时候他才反应过来，自己之所以睡得那么沉，是因为巫婆吹了哨子。他把哨子挂到自己的脖子上。只要巫婆要醒过来，他就马上吹一下哨子。就这样到了半夜。

仙女伊洛纳来了，阿尔杰鲁斯亲吻了她三次，然后整个城堡都亮了，所有的门都打开了，巫婆沉了下去。

阿尔杰鲁斯打算再次亲吻仙女伊洛纳之前，打了仙女十二个巴掌。

"我这么做，是因为你打了你的十二个玩伴巴掌，虽然她们告诉你的是事实。"

"是我的错。"她喘了口气。

这时候阿尔杰鲁斯双手抱住仙女伊洛纳，然后穿上斗篷和鞋，甩了一下鞭子："呼哈，让我去我爸爸的城堡吧！"

于是，他们一下子就回到了王子的家乡。阿尔杰鲁斯成为一位伟大的国王，仙女伊洛纳成为一位伟大的王后。

邋遢的熊

很久很久以前,在海洋的另一端有一个小孩。这个小孩跑到森林里,爬到一棵高高的梨树上,用他的小刀切梨吃。他正准备吃的时候,来了一只邋遢的熊。熊的背上有一个空包。它看到树上的小孩,就走到树下,对小孩说:"小孩,用你的小刀给我递一个梨下来!"

"我不要,你会把我拉下去的。"

"怎么会呢! 我不会的,你就把梨递给我吧!"

于是小男孩切下梨,伸手递给邋遢熊,邋遢熊立马抓住小孩的手臂,把小孩塞到了自己的包里。小孩大哭起来,但是一点用也没有,因为自己已经被关在了背包里。就这样,邋遢熊背着小孩穿过了很多国家,朝自己家的方向走。路途中,熊累了,它放下背包,然后找了个地方睡着了。

小孩在背包里感觉到了平稳,他拿小刀划开了背包,往背包里放上砖块和苍耳,然后跑走了。

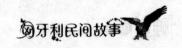

邋遢熊醒过来后,把包背上,朝着家的方向走。它感到背上有点刺痛,疼得"嘶"了两声,然后说:"你别刺我了,小孩,到时候非收拾你不可。"

然后熊继续走啊走,它又觉得,自己右侧的背被刺得厉害,它再一次说:"别刺了,小孩,一会我非收拾你不可。"

它的话一点作用都没有起到,它的背持续被刺痛。它失去了耐心,把大包从肩上拿下来,调了调位置,然后继续背上身回家了。

到家的时候,它对自己毒辣的妈妈说:"快出来吧! 拿一口大锅来,里面装上水,点上火,赶快烧烧热!"

就这样,它毒辣的妈妈端出一口大锅,里面装着满满的水,在下面生起了熊熊的火。

水快开的时候,邋遢熊打开了大包,抓住里面的一个东西,一拉,结果里面稀稀疏疏地掉出来各种石块和苍耳,邋遢熊眼睛都看呆了。

"我从来没见过这种事!"它说。

它立马背上空袋子,又出发了,走啊走啊,穿过了七个国家。这个时候的小孩早就回到了原来的梨树上,用小刀切着梨,吃得欢喜。

邋遢熊看到了他,立马走到树底下。

它对小孩说:"小孩,用你的小刀递给我一个梨!"

"我不给,你会把我拉下去的。"

"我怎么会把你拉下来呢？我肯定不会，你就把梨递给我就行。"

小孩采了一个梨，然后往地下一扔。

"嘿，小孩，"邋遢熊说，"我没让你把梨子扔下来，我是让你用你的小刀给我递一个梨。"

它一直在树下苦苦哀求，直到小孩往下递了一个梨。小孩伸手把那个梨给熊，熊马上抓住他的手臂，往下一扯，将他塞进了自己的袋子里。它把包背上，然后朝着回家的方向赶去。

邋遢熊在路中间又一次感到困乏了，但是它这次学聪明了，没有把包放下来，因为他害怕小孩子再次逃跑。

它回到家，吩咐自己毒辣的妈妈热好灶头，好把小孩给烤了。它觉得特别累，就躺下来休息了一小会。

毒辣的妈妈早就开始热灶头，灶头里的火星四射时，它拿来一个烤东西用的铲子，对小孩说："小孩，你坐到这个铲子上去。"

小孩抱着铲子爬上去，但是这位恶毒的老母亲每次打算把铲子放进去时，铲子总会翻掉。

"坐好，你个小笨蛋，坐规矩点。"

"哦，亲爱的阿姨呀，"这小孩说，"我不知道怎么才能坐好，你先给我示范一次吧。"

毒辣的妈妈没再让小孩做这个动作，她自己坐上了铲子。小孩这个时候眼疾手快，看到她坐上去后，立马端着铲子往热乎乎的

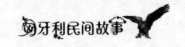

灶头里送，然后自己手忙脚乱地爬上了灶头顶。

邋遢熊从睡梦中醒来，就急着找自己的老妈。它翻遍了家里的整个院子，但是哪里都没有见着。它抬头的时候，看到小孩在灶头顶发呆。

"你怎么上去的，小孩？"

"我坐在锅子里，烫了我就跳了上来。"

邋遢熊想着，它也要这么做，它进了铁锅，结果锅子把它的毛烧得焦烂，然后它就死了。

小孩从上面爬下来，然后回家了。

蠢 人 比 赛

从前有一个农民，他有一位胜负欲特别强的妻子，什么都想知道得比自己丈夫多。但是她办不到，因为她特别愚蠢。

农民平时会自己带着谷物去集市卖，他会绞尽脑汁让自己聪明起来，因为那里的商人很喜欢骗农民，尤其是买谷物的商人。

他们收割完谷物后，就进行了脱粒处理，农民准备好去集市了。

他的妻子，那个脑路短话却多的女士，现在正把狗系到栅栏上，她想着自己丈夫已经什么地方都去过了，自己也去一次集市吧。

她丈夫说："那行吧，你去吧。"

于是她带着仆人、小孩，赶着装满麦子的车上路了。

已经离了村庄五公里的时候，妇人突然想起来，自己不知道麦子应该卖多少钱，她忘了问自己丈夫麦子的价格。她立马对仆人说："你回家去，问你的主人，这个麦子怎么卖。"

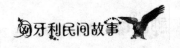

仆人立马回去在窗户边上喊主人,但是主人没有走出来,他在窗口回答说,该怎么卖就怎么卖,或者按照平常的价格。

妇人来到了集市。立马有一个狡猾的商人看到了他们,他问妇人:"你的麦子怎么卖?"

"该怎么卖就怎么卖。"妇人简单地回答。

商人说,自己去问一下,现在这个麦子应该怎么卖。但是中途他想着要骗一骗妇女,他回来后,对妇人说,现在市场上麦子是这么卖的,一半用信用付,还有一半需要等。

"好的,就这么卖吧。我把麦子给你。"这个蠢笨的妇人说,"那我什么时候可以拿到钱?"她问。

"等下一次集市的时候。"

"好的。那我们怎么认出对方?因为还要过好久呢。"

狡猾的商人说:"我把我的破大衣给你,你把你的皮草给我。我们认出彼此物件的时候,我们就能找到对方了。"

蠢笨的妇女觉得他的方法很棒,立马脱下自己的皮草,给了商人,商人给了她自己的破大衣。集市结束了,他们往回走,商人得到了麦子,笨妇女得到了去过集市的骄傲。

等她回到家里后,她丈夫问:"你麦子怎么卖的?"

"该怎么卖就怎么卖。"妇人回答。

"对。那钱在哪里?"主人问。

妇人傲慢地回答:"没有钱。现在麦子是这么卖的,一半用信用支付,还有一半需要等。"

丈夫惊呆了,但他接着问:"那既然这样,什么时候可以拿到钱呢?"

"下一次集市的时候。"

丈夫看着她,这次他问得很大声:"那你怎么认出这个商人!"

妇人回答:"我用我的皮草和他的破大衣交换了! 到时候我们就能认出对方。"

她的丈夫失去了耐心,然后喊道:"我还没见过这么蠢的人!"

妇人也生气地大喊:"凭什么! 你啥地方都没去过!"

丈夫更加生气了:"好! 我立马走,我要是不找到跟你一样蠢的人,我就不回家!"

丈夫说完就真的走了。他走啊走啊,他觉得自己得走很远的路,因为比他妻子更蠢的人很难找到啊。他走进了一片幽暗的森林,看到远方有一点亮光,然后跑过去敲门。他问候道:"晚上好!"

一位老太太招待了他。

"你怎么会来这里?"她问他。

这个人现在已经做了计划,来测试人到底蠢不蠢。他镇静地回答道:"我从另外一个世界过来。"

老太太一点也不惊讶。

"那你在那里有没有找到我的儿子?"她小声地问。

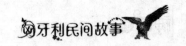

"怎么没有呢？他在那里做骨头和破衣服的生意呢。"

"真的吗?"这个女人睁大了眼睛问。

男人镇静地继续说："可怜的人啊,他的大衣也破了,拉了一辆小车。"

"哎呀,就是他了。你还会回那个世界吗?"

"我还会回去的,明天早上我就该回去了。"

"我有一匹灰色的马,你能帮我带过去给他吗？这样别让他自己拉车了,让马拉。"

"那当然,你让我带什么过去都行。"

"我这里还有三个过节剩下来的考拉奇面包,我一会再去烤三只鹅,还有一点我丈夫不知道的私房钱,你都带过去给他,能让他日子稍微好过一点。哦对,我又想起来,我丈夫上次在集市上从一个蠢笨的女人那里骗了一件皮草回来,你把那衣服也带去给我儿子,让他别着凉了。"

"看来,我找到了我要找的那个人。"他暗想,"那我不用走太远的路了。"

休息一会后,妇人就开始烤东西。她切开鹅,准备了路上要用的东西。早上男人起床后,牵上马,就这么走了。

男人没走多久,商人就到家了。

商人的妻子老远就高兴地迎接他："快回来快回来,我听到我们儿子的消息了!"

商人一脸不可置信地看着她:"走开!你是不是傻了?"

"你不相信吗?我可是有证据的,你看,我把马给了儿子,他在那个世界做着骨头和破衣服的生意,自己拉着车!我还给他寄了点考拉奇面包、三只鹅。我也准备了一点钱,这点钱还是你不知道的呢。哦对,还有那件你从蠢女人那里骗来的皮草,我也给他寄过去了。"

商人倒吸一口气,无法遏制自己愤怒的情绪。

"那人到底是谁?你这个蠢货,你把东西给了谁?"

"那个人从另外一个世界来的,直接回那个世界去了。"

"真希望世界上没有像你这样的蠢货!"她的丈夫大叫,"怎么会有人像你这样轻信,这么容易上当!"

说完,商人立马上路去找那个男人。男人远远地就感觉到,有人生气地跟在他身后。他走进附近的一个森林,把马拴在树上。森林里有一棵树,看上去快要倒了。那个男人抓住树,做出一个向上推的动作,看上去是他扶住了那棵树。

商人看到他,过去问他:"您有没有看到一个男人骑着灰马从这里经过?"

男人看到这个商人已经被愤怒冲昏了头脑,回答说:"怎么会没看到?但是你跟着他没用,因为他很强壮,谁也不怕。"

商人惊了一下,但是愤怒的火气并没有下去。

"他连您也不怕吗?"他问。

男人镇静地回答:"我的话,他还是怕的。"

"那可以请您把这个人带到这里吗?我给您一百福林。"

男人想:"让我试试这个蠢货。"然后回答说:"我不能去,如果我不扶着这棵树,那我的爸爸妈妈、兄弟姐妹都会死的。"

商人正在气头上,根本意识不到这是一句蠢话,然后回答说:"我帮你扶着这棵树,你尽管去,快点把那个人抓回来,因为他骗了我老婆!"

男人点了点头,两人告别。他骑上马,然后径直回家了。

到家了他对老婆说:"我回来了,因为我遇到了跟你一样蠢的人。"

商人在森林里等了男人一天。他终于等无聊了,小心翼翼地撒开手,怕树会倒下来。他看到,树根本就没有倒下来,这才明白,自己被人耍了,他生气地回到家。

"你为什么回来?"妻子问商人。

"因为我和你一样蠢!"商人回答。

"难道我没告诉你吗?"妇女立马回答他,"我难道说得不对吗?"

商人现在只想安静,所以立马回答:"你说得对。你不是最蠢的。"

马加什国王和老人

一天,马加什国王和他的大臣微服私访。他对每个人都很亲切,会跟每个人说话,不会看大家什么身份。他跟一个老先生也说了话。这位老人以前是他的一位士兵,没说几句话国王就认出了他。国王哪怕再过几年也不会忘了这位服侍过自己的人的。

"真是荣幸啊,老先生!"国王说。

"感谢我的妻子!"老人回答。

"你现在挣多少钱?"国王问。

"六个钱。"老人回答。

"那你生活用多少钱?"

"两个钱。"

"还有四个怎么用?"

"我就扔到泥里!"

"三十二个还剩多少?"

"现在只有十二个了。"

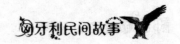

"你能给公山羊挤奶吗?"

"我能!"

大臣们都惊呆了,他们对这段对话一无所知,不知道他们在说什么。国王见状,笑着说:"如果你没看到我的人像,那你不能给任何人解释。"

然后国王就继续前行,大臣们紧跟其后。他们开始讨论:"国王和这个农民到底说了些什么东西? 我们听不懂啊!"

国王回答:"你们去找答案吧。谁要是找到答案,就可以获得大奖。"

大臣们想了很久,但是没有用,所以赶紧回头去找那个老人。他们围住他,求他,拜托他解释刚才的对话。

"要是没有看到国王的人像,我什么也不会说的。"老人说。

"人像? 什么? 在哪? 什么人像?"

"就是金币上印的。"老人回答。

他们说好给十个金币。

然后老人开始解释。

"'真是荣幸啊,老先生'这句话的意思是,我有妻子给我洗衣服,穿干净的衣服是一种荣幸,所以我是荣幸的。所以我回答说,'感谢我的妻子'。"

"那你为什么把钱扔到泥里,六个钱扔掉四个?"大臣们问。

"我现在挣六个钱,两个钱用来生活,还有四个给我的儿子花了,这四个钱就跟我扔到泥里没啥区别。"老人回答。

"那'三十二个还剩多少'是什么意思?"

"你给我十个金币我就告诉你。"

大臣们又给了老人十个金币。

"我年轻的时候有三十二个牙齿,现在只有十二个了,是这个意思。"老人笑着回答。

现在只剩下最后一个问题了,所以再花十个金币也不觉得可惜。

"那公山羊怎么挤奶?"

"这个呀,我现在就是在挤先生们的奶呀。"

牧鹅少年马季

很久很久以前,有一个妇人,她有一个儿子,名叫马季。马季不想变为一个有用的人。他不想去做工,只想做一个无忧无虑的小伙子,在角落里坐着。

"我可不做别的工作!"他妈妈一催他,他就这么对妈妈说。他别的什么也不做,最多就是守着几只鹅。他家里有十六只小鹅,加上两只鹅妈妈和一只鹅爸爸,一共十九只。

小鹅们很快就长大了,这时候德布勒格的集市也开始了。小伙子对妈妈说:"妈妈,我把这些鹅赶到德布勒格的集市去。"

但是他妈妈说:"赶什么赶!我们在自己家也能卖掉。"

但是小伙子没有听妈妈的话,还是把那些鹅都赶到了集市。妈妈后来也没有反对,给他准备了几个波卡其面包,如果他想去的话,那就去吧。小伙子把三只大鹅留在家里,把十六只小鹅带走了。

马季到了德布勒格的集市。德布勒格先生也来到了集市,他走到马季跟前,问马季:"你这些鹅怎么卖?"

"这一对鹅就是一对鹅的价钱,哪怕是我爸爸来买我也不会给更低的价格。"小伙子说。

"哎哟,"德布勒格先生说,"你真是个搞笑的浑小子。我是地主,在这里没有人能跟我谈价钱,你却还想给我抬价钱?你以为我会付给你钱吗?"

"我不给你鹅!我说过,一对鹅就是一对鹅的价钱!"

德布勒格先生背后站着两名仆人。

德布勒格先生指示他们说:"把这个浑小子抓起来,带到我房子里去。把鹅也赶过去。"

他们把马季抓到德布勒格先生的房子里,然后拿走了所有鹅,打了马季二十五下,这几下狠揍就是鹅的价钱!

马季从地上爬起来,说:"好,我会三倍奉还给先生的!"德布勒格先生让他愤怒极了。

先生对仆人说:"你们抓住他,再给他三十下!"

然后他们又抓住了马季,把他放倒在地上,打了他三十下。打完,他们放走了马季。马季走出门,什么也没说,但是他心里想的是,一定会报仇的。

过了几年,马季长成了青年,他在困苦中越来越开朗,但是他心中的仇恨一直都没有消去。有一天,他听说德布勒格先生要找人建城堡。马季乔装好,然后去了德布勒格先生所在的城市。新

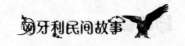

城堡一半的工作已经完成了，建筑木材都整齐地码在城堡一旁。马季走过去，量了量树，就像一个真的木匠一样。

德布勒格先生看到后，以为马季是外国来的木匠。他过去问马季是谁，是做什么的。

马季说："我是从外国来的木匠。我特别出名。"

德布勒格先生马上表现出对城堡的担忧，问他："我这个城堡的建造木材还好吗？"

马季说："这个城堡吧，用这个讨价还价买的木材真是可惜了。"

德布勒格先生想，不知道这个人会做点什么。然后他对马季说："我有一片森林，树一棵比一棵漂亮、强壮。如果用这个不合适的话，你跟我来，帮我选一棵树吧！"

然后他们立马叫上一百个人跟着去了森林。当然地主先生自己和马季坐的是马车。

他们来到森林里开始找树，要找到一棵最高大的树。他把一百个人分散开，各自去找树。

他们越走越远，最后，马季和德布勒格先生来到了一个山谷，这个地方哪怕人在砍树，外面也听不见声音。马季在这里找到了心仪的树，他对德布勒格先生说："您去量一量它的树干，我看这棵树正合适。"

德布勒格先生抱住了树，想看看它是不是够粗。马季等的正是这一刻,他在树的另一侧抓住德布勒格先生的两只手,然后绑了起来。马季往地主嘴里塞了干燥的苔藓,让他发不出声音。然后他用一根断掉的棍子狠狠地打地主,一直打到自己心里爽。他从地主口袋里拿走了鹅的钱,放进了自己口袋里,然后就走了。走了几步,又补充了一句,因为没法说话的地主非常疑惑,也非常生气,睁大了眼睛看着他。马季说:"我不是木匠,我是马季!你还记得吗?我就是那个卖鹅的!我就是卖鹅的马季!是谁用暴力抢走了我的鹅?是谁没有付我钱还打了我一顿?我还会回来两次的!因为我承诺过,我会三倍奉还,现在还剩下两次!"

说完,他扔下德布勒格先生走了。

一百个仆人在外面砍树,砍完之后坐下来休息,等着德布勒格先生和木匠先生回来。等了很久,他们不得不去找德布勒格先生。他们找到了德布勒格先生,但是木匠却不见了。他们看到德布勒格先生被捆在树上,他们给他松了绑。德布勒格先生轻声哼道:"那个人不是木匠!那是卖鹅的浑蛋马季!我有一次拿走了他的鹅,但那都是什么时候的事情了!我都已经忘了!他说他还会回来两次,他还会回来打我!"

他们把德布勒格先生抬回了家。德布勒格先生很久都没有从惊吓中缓过神来,甚至都起不来床。他们给世界各地的医生寄了信,让他们来给德布勒格先生治病,但是没有一个医生能治好先生的病。没过几天,马季听说了这个消息。他想了一想。

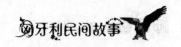

他乔装成一个知识渊博的医生,租了一辆车,然后去了德布勒格先生的城市。他在招待会上稍稍娱乐了一下,然后和人交谈,表现得像一个从外国来的医生。

马季问招待会的主人:"这个城市最近有什么新闻?"

招待会的主人说:"倒没什么别的事情,就是我们的德布勒格先生病得很严重,如果有医生能治好他的病的话,他就会花大价钱偿付的。"

马季抚摸着自己装上去的假胡子,然后回答说:"我来挑战这项任务,我会治病。"

主人听到后非常高兴,马上派人送信去德布勒格先生的住所,说自己家里有一个从外国来的医生,可以治病。

他们坐上马车就上路了。医生来到病人床前,仔仔细细地检查了一遍。德布勒格先生看着医生,然后缓缓地问:"医生啊,你觉得我这病还能治吗?"

医生十分确定地说:"如果是我来治的话,可以治好。"

德布勒格先生高兴了一小会儿。马季让厨师生上火,烧一锅可以洗澡的开水,然后让家里的仆人全去森林里找草药。家里什么人也不在了,只有德布勒格先生和马季。等到家里人全部离开后,马季拿出一根好大的棍子,站到先生面前:"我来复仇了。"说完,打了德布勒格先生一顿。德布勒格先生惊讶地瞪大了眼睛,一句话也说不出来。"我不是医生,我是卖鹅的马季!"马季说。

马季在屋子里和柜子里只找到了钱,然后从里面拿走了鹅的钱。

他说:"我已经来这里两次了。我还会回来一次的!"

德布勒格先生被打了之后,病得更加严重了。仆人们带着草药回来了,但是家里的主人只能哼哼唧唧。他们问医生去哪里了。

德布勒格先生说:"那人不是医生!那人是卖鹅的马季!"

这时候很多医生都因为高价前来治病,最终出现了一个能治好德布勒格先生的人。从那以后,德布勒格先生出行都会带着自己的侍卫,不让马季靠近他。但是随着时间的流逝,他渐渐忘了这么个人,忘了这么一回事儿。

一天,这个城市又办了一次集市。马季想到,是时候再去找一次德布勒格先生了。他乔装成马匹商人,给自己弄来一匹好马,然后去了集市。他站在其他参加集市的人中间,然后开始卖马。

他做买卖的时候,四处环顾,等着地主的出现。突然他听到有人在自夸,说自己的马是附近一带最好的马。马季过去,对那个人说:"你确定?我就想要这样的马,我买了,当然我要用我的方式先试跑一下。"

这个人说:"你请吧。"

马季说:"您过来和马站在路中间,您坐上去,一会如果德布勒格先生坐着马车过来,你就对着他喊:'我是卖鹅的马季!'说完马上赶马离开,不然的话,你的小命就不保了。"

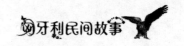

　　这个人同意了。当德布勒格先生坐着马车出现的时候，那个人骑着马到马车旁边，然后大喊："我是卖鹅的马季！"

　　说完狠抽了一下马，然后离开了。

　　这个时候德布勒格先生马上大叫："车夫，抓住他！跟住他！抓住那个浑蛋！你抓住他我给你两个金币！全部去抓他！"

　　德布勒格先生身边的人马上一个个骑上马去追赶他，德布勒格先生自己一个人留在马车里，看着这场追逐。

　　这时候，马季来到他的身边，然后轻声对他说："那个人不是卖鹅的马季，我才是！"

　　这个时候，先生被吓得跌坐到座位上。但是马季可不管，他完成了第三次的承诺，从地主口袋里带走了鹅钱，最后对地主说，这是最后一次了。

　　说完马季就消失了，去了别的地方生活，也娶了妻子。

七只乌鸦

很久很久以前,有一位妇人。

妇人有七个儿子。

这七个儿子之后,她又生了一个特别美丽的女儿。

一天,妇人来到村庄,看到七个儿子从酒馆里出来。

妇人特别生气,然后叫住他们,对他们说:"如果你们再去酒馆的话,就会变成乌鸦!"

她一说完,头顶就出现了七只乌鸦,就是她的七个儿子。

她就伤心地回家了。

那时候小女儿已经长大了不少,变得更加美丽了。她看到妈妈一直在哭泣,问道:"妈妈,你为什么要哭呢?"

"不要问我为什么会哭,因为告诉了你,你也没法安慰我。"她说。

"怎么不能呢? 妈妈,我可以做点什么的。你只要告诉我,然后就会变好的。"

"好吧,孩子,我告诉你,我知道你已经强大了。但是我知道告诉你也是徒劳的。你知道吗?你出生的时候还有七个哥哥,他们经常去酒馆。我有一次就诅咒他们,说'如果你们再去酒馆的话,就会变成乌鸦',然后他们就变成乌鸦飞走了。那以后,我再也没有听说过他们的消息。我就这样和他们失去了联系。"

妇女一边说,一边哭。小女孩安慰了许久,但是情况越来越糟,妈妈越哭越厉害。

一天早上,女儿对妈妈说:"妈妈,给我烤几个波卡其面包吧!我要走了,我要去找我的哥哥们!"

"去哪儿?你吗?你也不知道他们在哪里!"

但是,女孩这个时候已经下定了决心,妈妈也不能阻止她。

姑娘走啊走啊,经过了很多个国家。

路上她遇到一只狼。狼在路上拦下她,姑娘被吓了一跳。

"可别怕我,好姑娘,我不会伤害你的。给我一口吃的,因为我真的好饿,我可以带走吃。"

姑娘很勇敢,她从包里掏出了一个波卡其面包给了狼。狼给了姑娘一个口哨,说,如果姑娘遇到任何问题,只要一吹口哨,它就会立马出现来帮助她的。于是他们就分别了。

姑娘继续上路,途中遇到了一只狐狸。

"好姑娘,请你把我翻到另外一面去,我已经靠在这一侧饥饿了快七个年头了。好人会有好报的。"

姑娘听后觉得它很可怜,然后帮它翻了个身子,给了它一个波卡其面包。狐狸拔下了一绺毛,给了姑娘,说,如果她有什么需要的话,就把毛一分为二,它马上就会出来的。然后他们就分别了。

姑娘又上路了,走啊走啊,一只小鸟跟她说话,它也需要一个波卡其面包。姑娘给了小鸟一个波卡其面包。小鸟非常感激,对她说:"如果你到了红海,你会得到一个美丽的苹果,你把苹果带走,然后吃掉,完了你就把苹果核扔到水里。"

姑娘谢过了小鸟,然后上路了。小鸟从那个时候开始就一直飞在姑娘的上头。

太阳升起又落下,没多久,姑娘就来到了多瑙河。她试了很多次,但是一直不能穿过去。这时候她把手伸到了口袋里,然后摸出口哨来,吹了一下。

狼立马出现在她眼前。

"你有什么吩咐吗?我就在这里。"狼说。

姑娘告诉了它自己的困难。狼拿走了口哨,然后吹了一下,立马聚集了许多狼。它们都直接走进了多瑙河,姑娘不知道它们为什么这么做。

等它们都进入了河里时,姑娘这才明白,她可以通过狼跨过河。她踩着狼的背,鞋子都没有湿,就这么过了河。

等穿过了河,路也非常艰险!她走啊走啊,走得非常累了,来到黑海的时候,她想着自己怎样才能跨过黑海,她想破了脑袋也不

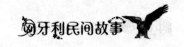

知道该怎么办。这个时候她想到了狐狸的毛。她把那毛一分为二,然后狐狸立马出现在她面前。

"你有什么吩咐,我的主人?"

"带我穿过黑海吧!这是一段好难的路程。"

狐狸对着海摇了摇尾巴,这个时候海就被劈成了两半,只剩下一半水。它对姑娘说,现在马上就走!等姑娘走到海中间的时候,狐狸转向了另一侧,这个时候前一半水到了姑娘走过的那段路上去。姑娘就靠着狐狸的尾巴安然无恙地穿过了黑海。小鸟一直陪着姑娘。

终于,姑娘到了红海。在岸边的时候,姑娘怀里掉进一个苹果,她拿起苹果就开始吃。苹果核被她扔到了水里,苹果核在水里变成了一艘巨大的轮船。姑娘坐上了轮船,穿过了红海。

红海的另一岸有一座很高的山,山顶上有个小房子。

一直忠诚地陪伴着姑娘的小鸟对她说:"我只陪你到这里了,你要去的地方就是那个小房子,但是那个小房子你不能靠自己爬上去。山下有一只天鹅,你坐到那只天鹅身上,抱住它的脖子,你不要怕,它会带你去那个小房子的。"

姑娘找到了天鹅,天鹅带她去了山上的小房子。

她走进小房子里,四处张望了一下。她拿出装饰桌子的东西,在桌子上摆了七个波卡其面包,然后她躲到床底下。晚上乌鸦回来了,它们四处找了找,想知道到底是谁来过这里,但是没有找到踪迹。它们躺到床上睡着了。第二天，它们又离开了房子。

第二天发生的事情跟前一天一样。姑娘帮它们铺好桌子，然后躲到床底下。乌鸦们疑惑不已，但是找不到答案。

第三天乌鸦们聚在一起吃波卡其面包，姑娘从床底下钻出来，对它们说："你们认识我吗？"

乌鸦们说："我们怎么可能不认识你呢！你就是我们的小妹妹啊！但是妹妹，你不要留在这里和我们在一起，因为乌鸦之王会回来，它会把你撕碎的。你赶紧离开吧！"

但是姑娘已经下定了决心，如果没有将自己的哥哥们解救成功，自己是不会离开的。乌鸦们说："这很难，如果要等到这一天的话，你需要等待七年七小时七分钟，在这段时间内一句话也不可以说！"

"哥哥们，你们要相信我！"姑娘说，"我一定要试一试。"

说完她就跟乌鸦们告别，然后出发了。

她来到了一个很大的园子，找到了一个很大的草垛，躲到了里面。那里面只有她自己，孤孤单单，不能吃，也不能跟任何人说话。国王的猎犬给她送来食物，但是她看也没有看。

有一天，马夫意识到，猎犬拿到食物后都会到草垛那里去，于是跟着猎犬。他看到草垛里有一个洞，洞里躲着一位美丽的姑娘。他立马向国王汇报了自己看到的事情。国王过去之后跟姑娘说话，但是姑娘需要做到答应哥哥们的事情，她不能说话。国王以为

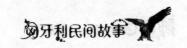

姑娘是个哑巴,但是他并没有因为姑娘的哑巴而嫌弃她,而是娶了她为妻。

不久之后,他们的孩子出生了。

但是宫廷里有一个特别邪恶的巫师,她特别特别地仇恨王后。她想尽办法要折磨王后。

一天,她把国王的孩子带了过来,然后放在一个柳条筐里,放到河里让孩子漂走了。下游的一个磨坊主捡到了这个筐子,看到了里面的小孩。

这个时候,邪恶的巫师去找国王,然后对他说:"这个女人有什么好?她居然把自己的孩子放到河里去杀死。"

国王非常震惊,他想要对自己的妻子说点什么,但是他没有,他只说:"我会等着真相水落石出。"

然后,国王的第二个孩子出生了,第三个孩子出生了,这些孩子也都被坏巫师放到水里了。很幸运的是,那个磨坊主一直没有孩子,却白白地获得了这么多孩子。

国王最终还是相信,自己的妻子溺死了自己的孩子。他找来九十九辆车的木材,生起火,然后命令说,等一会大火烧起来后,大家就把女人放到火里去烧。

人们已经开始一根根码木头,正当他们想要把女人放进去的时候,正好七年七小时七分钟的时间满了。篝火旁的七只乌鸦一瞬间变成了七个一表人才的年轻人。

他们说,王后是自己的妹妹,她之所以一直没有说话,是因为她要解救他们。这些孩子是被巫师放到水里去的,现在全部都在磨坊主家里成长,他从水里救了这些孩子,养着这些孩子。

王后获得了拯救。孩子们也从磨坊主那里被带了回来。王后把自己的母亲也接了过来,她的七个哥哥则回了家。

狐狸、熊和可怜人

很久很久以前，有一位可怜人。一天早上，这个人带着十二头牛去地里耕田。走到森林旁边的时候，他听到一阵窸窸窣窣的声音。他走进森林里，想去看看究竟发生了什么事情。他看到一头大熊正在和一只小兔子打架。

"这种事情我可没见到过。"这个可怜人自言自语，他看得津津有味，大笑起来。

"嗨，那边的人啊，你有什么胆量居然来嘲笑我！"熊特别生气，"我要吃了你！连同你的牛一起，全部吃光！"

这个人瑟瑟发抖，哪还笑得出来？他哀求熊，叫熊不要吃他，至少在晚上之前不要吃他，因为他要把地先耕了，家里的人也不至于以后没吃的。

"好，我就把你的命留到晚上，等晚上我就吃掉你！"

说完，熊就去忙自己的事情了。可怜人忧伤地耕着地，他一边耕地一边想，怎样才能让熊不吃掉自己。中午的时候，来了一只狐

137

狸,它看到可怜人忧伤极了,就问他到底发生了什么事情,自己是不是可以帮到什么。

可怜人说了他和熊的事情。

"如果只是这点事情的话,那我就可以帮你。这算什么问题啊!但是如果我帮你的话,你怎么回报我?"

可怜人不知道怎么回报狐狸,因为自己几乎什么东西也没有,但是狐狸要的东西又很多。狐狸最后要了九只母鸡和一只公鸡。这对可怜人来说很难,他都不知道从哪里去弄到这些东西,但是他还是答应了。

"好了,可怜人,现在听我的。等熊过来的时候,我会躲在灌木丛里。我会像猎人一样吹号子。当熊问这是什么声音的时候,你就回答它说,是猎人要来了。熊就怕这个,它会让你把它藏起来。你把它藏到那个大布袋子里去。然后我就会来问,这个袋子里是什么东西,你就说,是一些煤炭。我会表现得不相信,然后说,你把袋子的头用刀子切开看看。你就用刀子去切袋子的头,这样的话,熊马上就会死了。"

可怜人听了狐狸的建议,并且照做了。一切都按照狐狸所说的发生了。熊最后死了,可怜人也自由了。

"看着吧,这不就是我说的吗?"狐狸说,"你就从这里好好学学吧,多长脑子好过长力气。但是我现在还有事情,我得先回家了。我明天来找你要九只母鸡和一只公鸡,最好肥一点的。你一

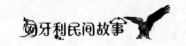

定要在家待着,不然的话,你就完蛋了。"

可怜人把熊放在推车上拉着回家了。可怜人高高兴兴地吃了一顿晚餐,然后睡了一个好觉。他并不是很怕狐狸,因为他学到了:长脑子好过长力气。

早上他还没睁开眼睛,狐狸就来敲他家的门了。它来要它的九只母鸡和一只公鸡。

"马上,兄弟。我马上出来,你等我穿上衣服。"可怜人说。在他打开门前,他站在门后开始学狗汪汪大叫。

"你这个可怜人啊,你这后面是什么?难道是猎犬吗?"

"是的,兄弟,是猎犬,我有两只猎犬。它们就睡在我的床底下,我也不知道它们是从哪里来的。它们闻到了你的气味,想跑出去,我快要拉不住它们了。"

"在我走之前,你一定要拉住它们!我不介意把母鸡和公鸡留在你这里!"

等到可怜人打开门的时候,狐狸早就跑得老远老远了,他哈哈大笑。

忧伤的公主

很久很久以前，有一位国王，他有一位非常非常美丽的女儿，可是她从来没有笑过。她总是愁容满面，谁也不能让她展开笑颜。一想到自己的女儿时常在悲伤之中，国王就非常难过。于是他诏告全国，谁要是能让公主展开笑容，那么他就将公主许配给这人为妻，并且把半个王国送给这个人。

有一个牧人，他有一只金色的小羊羔。小羊羔很神奇，谁要是凑近它，立马就会被它吸住，就跟小羊羔身上长出来的似的。

一天，牧人赶着小羊羔出门，这时候走来一个待嫁的姑娘，她摸了摸小羊羔，结果一下子被吸住了。

牧人说："哎呀呀，我的小金羊羔！你的金毛边粘上了一个大姑娘！"

牧人继续赶着小羊羔往前走，迎面走来一个牧师，牧师用棍子打向姑娘。

"哎呀，你这个笨蛋！你干吗要到这里来？"结果牧师一下子

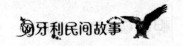

被粘了上去。

牧人又说道："哎呀呀，我的小金羊羔！你的金毛边粘上了一个大姑娘，大姑娘背上是一根大木棍，大木棍连着一个牧师。"

然后走来一个手里拿着烤盘的女士，女士用烤盘打向牧师："尊敬的先生啊，你为什么要伤害这位可怜的姑娘呢?"说完她也被粘了上去。

牧人又说道："哎呀呀，我的小金羊羔！你的金毛边粘上了一个大姑娘，大姑娘背上是一根大木棍，大木棍连着一个牧师，牧师屁股上是烤盘，烤盘连着一个女人。"

这时迎面走来一个军官，他骑着一匹小骏马。军官抓了一下女人的手臂，一下子就被粘了上去。

于是牧人又说道："哎呀呀，我的小金羊羔！你的金毛边粘上了一个大姑娘，大姑娘背上是一根大木棍，大木棍连着一个牧师，牧师屁股上是烤盘，烤盘连着一个女人，女人手臂上粘着军官，军官手里抓着缰绳，缰绳上挂着一匹小马。"

这时候走来一个织布的人，手里拿着许多麻布。他伸手去摸小马驹："哎呀，真是一匹漂亮的马啊！"话音刚落，他就被粘了上去。

这时牧人说："哎呀呀，我的小金羊羔！你的金毛边粘上了一个大姑娘，大姑娘背上是一根大木棍，大木棍连着一个牧师，牧师屁股上是烤盘，烤盘连着一个女人，女人手臂上粘着军官，军官手里抓着缰绳,缰绳上挂着小马,马尾巴上是麻布,麻布连着织布的人。"

后来又迎面走来一个皮匠,手里拿着鞋模,他上前碰了一下织布的人,说:"你在这儿干啥呀,朋友!"话一说完,他也被粘了上去。

这时牧人还是说:"哎呀呀,我的小金羊羔! 你的金毛边粘上了一个大姑娘,大姑娘背上是一根大木棍,大木棍连着一个牧师,牧师屁股上是烤盘,烤盘连着一个女人,女人手臂上粘着军官,军官手里抓着缰绳,缰绳上挂着小马,马尾巴上是麻布,麻布连着织布的人,他背后是一只鞋模,鞋模连着一个皮匠。"

他们就这样向前移动,一直走啊走啊,走到了忧伤的公主面前。公主一看到这奇怪的一团东西,心情立马就好起来,她先是扑哧一下笑了出来,而后几乎笑晕了。

国王也看到了这一幕,派人把牧人叫来,给了牧人一半的王国,并把自己的女儿许配给了他。他们结了婚,举行了盛大的婚礼。

灰　马

很久很久以前,有一位穷人,他家徒四壁,只有一匹灰色的马。他每天就靠灰马磨谷子来维持生计,所以马儿没日没夜地推着磨。这匹灰马非常厌恶这份工作,它看到别人的马都是成对儿地工作,自己却要独自拉磨盘。

于是它对主人说:"我的主人,这算怎么回事?别人都是两匹马一起推磨,你却让我独自在这里受苦受累。"

"亲爱的马啊,你也知道,我连多出来的一只虫子也没有,没法给你配个伙伴一起拉磨啊!"

"如果只是这个困难的话,你把我松开,我自己出去找个伴儿回来。"

穷人立马把灰马从磨石上解开,马就出去给自己找小伙伴了。它走啊走啊,走过了很多国家和地方。一天,它看到一个狐狸洞,它立马躺进那个洞,装成自己好像陷在里边,尾巴拔不出来的样子。

狐狸洞里住着一只老狐狸和它的三个儿子。最小的狐狸想要出去,但是灰马堵在洞的上面。它看到一块白白的东西,觉得是天上下雪了,于是它回去找妈妈。

"妈妈,现在不能出去,外面下雪了。"

"怎么可能呢?"老狐狸回答道,"现在正是夏季中旬。要不你出去吧,儿子,"老狐狸对二儿子说,"你年纪更大一些,知道得也更多一点,你去看看到底怎么回事。"

于是二儿子出发了,它也看到一块白白的东西,于是也回去禀告妈妈:"哎呀妈妈,现在不能出去哎,下雪了。"

"现在怎么可能下雪! 现在是夏季中旬。你现在出去看看,大儿子,你在世界上见的世面最多,你去看看,到底是什么。"

于是大儿子出发了,但是它回来也说:"外面肯定是雪,我什么也看不见,只看到白白的一团。"

"不可能,不可能是下雪,现在正是大热天。"老狐狸说。于是它决定自己出去看看,一看,不是雪,是灰马。它想了想,得把马尾巴拉走,如果老是堵在那里,它们就一个也出不去。它的三个儿子试了试,但是马尾巴一动不动。

这时候,狐狸决定去找它的朋友狼。

"兄弟呀,我有一块上好的肉放在洞口,但是太大了,拖不进洞里来。如果把肉放在外边的话,会被乌鸦叼走,所以我想把肉拉到你那边去,你那里可能装得下? 到时候我再过去,我们俩一起切一

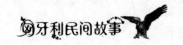

下肉。"狐狸说。

狼一听到有肉就高兴坏了,想着一旦肉进了自己的洞里,狐狸一口也休想分到。它们一起回到狐狸洞口,灰马依旧躺在那儿没移开,就跟柱子打桩一样不挪了。当它们来到灰马身旁的时候,狼疑惑道:"这么个大东西,我怎么拖到我的洞口呢?"

"这样吧,"狐狸说,"我告诉你我是怎么把它拖过来的,我把自己的尾巴和它的尾巴捆在一起,拖着它经过丛林溪谷,来到这里,毕竟对我来说也不是难事儿。你也这么办吧,你现在把自己的尾巴和它的绑在一起,这样你也可以轻轻松松地带它回去了。"

狼立马就站过去,想着,就这么办! 它看着一大块肉,擦了擦自己的口水。狐狸把狼和灰马的尾巴紧紧地绑在一起。

"可以啦,狼兄弟!"

于是狼开始使劲儿地拉,结果狼摔了一跤,但是灰马一动也不动。就在狼再次开始使劲儿的时候,灰马突然站了起来,然后开始奔跑,它的尾巴上绑着狼,灰马就这么带着狼穿过丛林溪谷,直接回到了主人的身边。

"主人主人,我带回来一个伙伴了。"

穷人把狼狠狠地打了一顿,狼死后,他把它的皮高价卖给了一个犹太人,然后用这笔钱买了一匹马。从那以后,灰马再也不是独自孤零零地拉磨了。

小公鸡和小母鸡

很久很久以前,世界上有一只小公鸡和一只小母鸡。它们四处转悠的时候,小母鸡找到了一枚黑刺李,它正想要把李子吞下去的时候,李子卡在了它的喉咙里,它就呛了起来。它对小公鸡说:"我的小公鸡啊,你去井边取点儿水,我快命丧于这颗黑刺李了!"

公鸡去了井边:"井啊,给我点水吧! 我要带水回去给我的小可怜儿,它被黑刺李卡住喉咙,快不行了。"

"我不能给你水,除非你去树那里,给我带来一些绿色的枝杈。"

于是小公鸡去了树旁。

"树,给我绿色的枝杈吧! 我要把枝杈给井,井就会给我水,我要带水回去给我的小可怜儿,它被黑刺李卡住喉咙,快不行了。"

"我不能给你枝杈,"树回答道,"除非你帮我从姑娘那里拿来花环。"

于是小公鸡去了美丽的姑娘身旁。

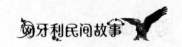

"美丽的姑娘啊,给我你的花环吧!我要把花环给树,树就会给我绿色的枝杈。我把枝杈给井,井就会给我水。我要带水回去给我的小可怜儿,它被黑刺李卡住喉咙,快不行了。"

"我不能给你,除非你替我从鞋匠那里带来一双鞋。"

于是小公鸡去了鞋匠那里。

"鞋匠啊,求你给我一双鞋吧!我要把鞋带给美丽的姑娘,姑娘会因此给我她的花环。我要把花环给树,树就会给我绿色的枝杈。我把枝杈给井,井就会给我水。我要带水回去给我的小可怜儿,它被黑刺李卡住喉咙,快不行了。"

"我不能给你,除非你到磨坊主那里给我带点糨糊来。"

于是小公鸡去找磨坊主。

"磨坊主啊,给我点糨糊吧!我要把糨糊给鞋匠,鞋匠就会给我鞋。我要把鞋带给美丽的姑娘,姑娘会因此给我她的花环。我要把花环给树,树就会给我绿色的枝杈。我把枝杈给井,井就会给我水。我要带水回去给我的小可怜儿,它被黑刺李卡住喉咙,快不行了。"

"我不能给你,除非你到猪那里把它的毛带来。"

于是小公鸡去找猪。

"猪啊,给我一些你的毛吧!我要把你的毛给磨坊主,磨坊主就会给我糨糊。我要把糨糊给鞋匠,鞋匠就会给我鞋。我要把鞋带给美丽的姑娘,姑娘会因此给我她的花环。我要把花环给树,树就会给我绿色的枝杈。我把枝杈给井,井就会给我水。我要带水回去给我的小可怜儿,它被黑刺李卡住喉咙,快不行了。"

"我不能给你,除非你到仆人那里去,带点泔水来。"

于是小公鸡去找仆人。

"仆人啊,给我点泔水吧! 我要把泔水带去给猪,猪就会给我它的毛。我要把它的毛带给磨坊主,磨坊主就会给我糨糊。我要把糨糊给鞋匠,鞋匠就会给我鞋。我要把鞋带给美丽的姑娘,姑娘会因此给我她的花环。我要把花环给树,树就会给我绿色的枝杈。我把枝杈给井,井就会给我水。我要带水回去给我的小可怜儿,它被黑刺李卡住喉咙,快不行了。"

仆人给了它一点泔水,小公鸡把泔水带去给猪,猪给了它自己的毛;然后它把毛带给磨坊主,磨坊主就给了它糨糊;它把糨糊给了鞋匠,鞋匠就给了它鞋;它把鞋给了美丽的姑娘,姑娘就给了它花环;它把花环给了树,树就给了它绿色的枝杈;它把枝杈给了井,井就给了它水;它带着水回去找小可怜儿,那时候小可怜儿已经被呛得不行了。

魔鬼和两个女孩

从前,有一个穷男人和一个穷女人,两人的伴侣都过世了,两人都有一个女儿,只是男人的女儿很美丽,女人的女儿却无比地丑。

一天,男人想要烤点东西,但是家里没有揉面的盆。他对女儿说:"女儿,你去隔壁女人那里借个揉面盆来,我要用来揉面团。"

于是姑娘去了邻居家。

"邻居阿姨,我爸爸让我来借个揉面盆,我们用来揉面,很快就会还给您的。"

"我不能给你啊,姑娘,你去对你爸爸说,叫他娶了我,他就能有揉面盆了。"

于是姑娘就回家了,她把邻居的话带给了爸爸。

家里出现麻烦了,父亲早就把烤东西的炕热了起来,但是没有铲灰的铲子。于是男人就对女儿说:"女儿啊,你去邻居家借个铲灰的铲子回来,你就说我们马上会还回去的。"

"邻居阿姨,我爸爸让我借个铲灰的铲子,我们要清理炕下面的灰,用完就会还回来的。"

"我不能借给你啊,姑娘,你对你爸爸说,娶了我,揉面盆和铲灰的铲子就全有了。"

姑娘就回家了,她把邻居的话带给了爸爸。

家里准备灶头和面团有困难呀,而且还没有烤面包用的烤铲,于是男人对女儿说:"女儿啊,你去邻居家里试试,看看她会不会把烤铲借给你。你就说,别舍不得,我们不会弄坏的,用完马上还回去。"

姑娘第三次去了邻居家,说爸爸让自己来是为了借个烤铲。但是邻居阿姨说,她不会借的:"对你爸爸说,娶了我,揉面盆、铲灰的铲子,还有烤铲就全有了。"

姑娘回家了,把寡妇的话带给了爸爸。

男人也开始考虑,是不是娶了女人比较好。你看,娶了她,揉面盆、铲子、烤铲就全有了。他苦思冥想,最终决定,还是娶了再说。

但是事情并不像男人想的那样,男人刚娶女人过门,女人就开始当家做主,对事情指指点点,男人只能躲在门背后。女人对男人的女儿恶语相向,又打又骂,但对自己那丑得无比的女儿宠爱得很,捧在手心怕掉了,含在嘴里怕化了。

男人的女儿受不了这痛苦的生活,去找爸爸,说:"亲爱的爸爸,我不想再屈服于任何一个人的脚下。我不想再在这里承受痛苦,她们对我就像大风刮来,毫不留情。我要去外面的世界,或许我可以找到适合我的工作。"

男人也不好再做过多的挽留,因为他也知道女儿在外面好过在家里,至少能不那么屈辱。于是姑娘出发了。后母用灰给她做了几个波卡其面包。

"你可别对别人说,你上路我没给你准备吃的。"

可怜的姑娘走啊走啊,看到了一座小房子,她便走了进去,因为她非常累了。但是在屋子里她谁也没看到,只看到一只白色的猫。她坐上长凳,开始吃后母用灰做的波卡其面包。

这时白猫走近她:"阿姨阿姨,给我吃一口吧!我会给你建议的!"

姑娘喂了白猫一口,可吃完后它又问姑娘要,就这样它吃完了姑娘的一整个面包。然后它跳进姑娘的怀里,躺在怀里静静地休息。这时候门外面突然传来窸窸窣窣的声音。

"盘子!不修边幅的尾巴!漂亮的垫子!开门!"

"哎呀!我的小猫咪呀!我该怎么办?"

"给他开门去。"

于是姑娘打开了门,进来一个又高又丑的魔鬼。

"盘子!不修边幅的尾巴!漂亮的垫子!点火!"

"哎呀!我的小猫咪呀!我该怎么办?"

"给他点火去。"

于是姑娘点了火。

"盘子！不修边幅的尾巴！漂亮的垫子！做饭！"

"哎呀！我的小猫咪呀！我该怎么办？"

"给他做饭去。"

于是姑娘做了饭。

"盘子！不修边幅的尾巴！漂亮的垫子！过来吃饭！"

"哎呀！我的小猫咪呀！我该怎么办？"

"过去吃饭。"

于是姑娘吃得津津有味，因为她早就饿了。

"盘子！不修边幅的尾巴！漂亮的垫子！铺床！"

"哎呀！我的小猫咪呀！我该怎么办？"

"给他铺床去。"

"盘子！不修边幅的尾巴！漂亮的垫子！躺我旁边来！"

"哎呀！我的小猫咪呀！我该怎么办！"

"躺他旁边去。"

于是姑娘躺到了他旁边。

"盘子！不修边幅的尾巴！漂亮的垫子！伸进我的左耳来！"

"哎呀！我的小猫咪呀！我该怎么办？"

"伸进去。"

于是姑娘把手伸了进去，她突然抓到了什么东西，然后开始往外拉。那是什么呢？不是别的，正是一大堆金子和银子。有多少呢？姑娘拿出来多少就有多少。

魔鬼又吩咐说："盘子！不修边幅的尾巴！漂亮的垫子！伸进我的右耳来！"

"哎呀！我的小猫咪呀！我该怎么办？"

"伸进去。"

于是姑娘把手伸了进去，她抓到了什么呢？我说出来，你们可能不相信，不是别的，是一辆漂亮的金子做的马车和六匹骏马。魔鬼把这些东西都送给了姑娘，然后把金子和银子装进马车里，姑娘自己也坐上马车，然后没一会儿就回到了自己出生的地方。谁都不知道姑娘一下子拥有那么多的财富，她只让父亲晓得了这事，父亲也保证，不会把话传出去。

结果没多久，丑姑娘和妈妈知道了这件事。丑姑娘的嫉妒心被激发了，她决定不再守在家里，她对妈妈说自己也要出去找活干："您看，妈妈，这狗东西在外面才待了三天，都能发财，我也要出去看看，万一幸运女神宠幸我了呢。"

她的妈妈连连赞同："肯定行。"

于是她的妈妈给她也烤了波卡其面包，但不是用灰，而是用干净的小麦粉做成。姑娘带着波卡其面包上路了，她走啊走啊，也来到了那座小屋，进去后在里面她谁也没看到，所以她坐到长凳上，打算等主人回来。这时候她想到自己还有波卡其面包，她拿出面包来吃。这时候小白猫走向了她："阿姨阿姨,给我吃一口吧!我会给你建议的!"

但是姑娘不愿意给它吃,于是小猫咪又一次求她,姑娘还是不给,甚至还笑它："哟,小可怜哦,尽管你能给我建议,但是有啥用呢?"

可怜的小猫咪打了个喷嚏,在角落里闷闷不乐。丑姑娘坐在长凳上继续吃东西。就在她吃的时候,门外传来了声音:"盘子!不修边幅的尾巴!漂亮的垫子!给我开门!"

"哎呀!我亲爱的小猫咪!我现在该怎么办呀?"

"哦,别理他。"

丑姑娘当作没听见,于是魔鬼踢开门走了进来。他进来后又大喊:"盘子!不修边幅的尾巴!漂亮垫子!给我做饭!"

"哎呀!我亲爱的小猫咪!我现在该怎么办呀?"

"别给他做饭。"

于是她没有做饭,魔鬼也没说啥,他自己做了一顿饭,然后说:"盘子!不修边幅的尾巴!漂亮的垫子!过来吃!"

"哎呀!亲爱的小猫咪!我该怎么办呢?"

"别跟他一起吃饭。"

于是姑娘没有去吃饭,魔鬼独自吃完了所有的食物,然后又发出了指令:"盘子!不修边幅的尾巴!漂亮的垫子!去铺床!"

"哎呀!亲爱的小猫咪!我现在该怎么办呢?"

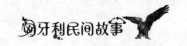

"别去铺床。"

于是姑娘没有去铺床,魔鬼只好自己去铺床。

等魔鬼铺完床,他自己躺了上去,然后他说:"盘子!不修边幅的尾巴!漂亮的垫子!躺我旁边来!"

"哎呀!亲爱的小猫咪!我该怎么办呢?"

"别躺过去。"

于是姑娘没过去,只是呆呆地站在床头。

魔鬼又说:"盘子!不修边幅的尾巴!漂亮的垫子!把手伸到我的左耳里!"

姑娘看到自己虽然没遵从魔鬼的意思,但是他没伤害自己,也没说一句难听的话,于是胆子大了起来,她大声吼道:"你的脏耳朵还要我来掏?"

魔鬼依旧一声不吭,他自己静静地把手伸进了右耳,从里面拿出了一辆铁马车和四匹马,他在马车里点上火,然后把姑娘塞了进去。四匹马快跑起来,马车像一条龙越飞越远,马车在天上不断地燃烧,最后化成一道火焰,丑姑娘化作了灰烬。

因为魔鬼赐给美丽姑娘的财产,她在当地富了起来,不久就有一位贵家公子娶了她。我不知道是伯爵还是公爵,王子还是国王,但肯定是其中一个。

话 痨 公 主

很久很久以前,世界上有一位国王,他有一个非常美丽的女儿,但是女儿特别爱说话,谁都没有她话多,不管她和谁,也不管话题是什么,她必须是最后一个说话的人。国王因此非常难过,尤其是看到其他国王的女儿从来不说脏话,也从来不诅咒他人,而自己女儿口里的词都是别人不说的话。除此之外,一想到哪位实诚人娶了自己的女儿,人生就会因此遭受不幸,国王心就里难受。

他想了想,叫来了自己的女儿:"女儿啊,我要诏告全国,谁要是能让你话少一点,他就能娶你。"

姑娘没有因此嘀嘀咕咕,而是很高兴:"谢谢亲爱的父亲,这是一件好事儿啊!至少你不会因此鬼鬼祟祟了!"

国王也没有办法了,只好诏告天下:"要是谁跟我女儿聊天,不让她说最后一个字,我就把女儿嫁给他,还给他半个王国。"

于是各种各样的男孩前来碰运气,有王子、伯爵等各种身份的地位高的人,但是谁也不能在公主面前说出两句话。

有三个施瓦本男孩也听说了这个消息,他们也来到王宫,想试试自己的能力,如果能行,那就太好了;如果不能行,那也没关系,他们也不会因此觉得不快。最小的那个男孩有点癫狂,他的两个哥哥都不想带他一起走:"你别跟来,杨科,公主不会属于你的!"

"我得去啊,到时候谁输谁赢谁都说不准呢!"

他们在路上走啊走啊,杨科落下两个哥哥好远的路,路上不管看到什么东西,他都要拿起来琢磨琢磨。他看到一个鸡蛋,然后对着两个哥哥大喊:"你们快过来啊!嘿,你们来看看我看到了什么!"

两个哥哥以为他找着了什么金银财宝,高高兴兴地折回去,结果只看到一个蛋。两人火冒三丈,把杨科狠狠揍了一顿,把他打得一个头变成了两个大,然后把他丢在那里。杨科从地上爬了起来,然后把蛋收了起来,一路跟上两个哥哥。没一会儿,他又看到一个坏掉的钉子,他又大叫:"哎呀,你们来看!看我找到了什么!"

两个哥哥又跑回来,谁知道杨科又找着什么东西了呢!

他们一看到那个坏钉子,又把他扔在原地。杨科把钉子捡起来,继续赶路。第三次他找到一堆粪肥,他又对着哥哥们大叫,但是谁都没有理他。杨科把它放进自己的帽子里,然后去追赶两个哥哥,但是他们已经把杨科甩得老远老远了,等杨科到皇宫的时候,他们俩刚好灰头土脸地从里边出来。

"你也不用过去了,反正你肯定不行。"他们对杨科说。

"为什么不可能是我?"

"因为你没什么脑子啊。"

"哼,我偏偏不信这个邪,你们等着瞧。"

"你就说大话吧。"

杨科没管两个哥哥的冷嘲热讽,径直走进了王宫,开始和公主对起话来:"小姐,你可真红啊。"

"因为我内心的火焰正在燃烧。"

"我这有个鸡蛋,来,放你这里烤烤。"

"但锅这里烂了个洞。"

"来,我这里有个钉子,快堵上。"

"但是还需要粪肥啊!"

"正好正好,我帽子里有。"

他这一番话呀,把公主堵得一句话也说不出来,于是她不得不嫁给这个傻瓜。

第二天他们就结婚了,举行了盛大的婚宴。

青蛙和乌鸦

乌鸦抓到了一只青蛙,它用嘴叼着青蛙,飞到了屋顶上。乌鸦停在屋顶上,青蛙突然开始大笑。

"你笑什么,青蛙老弟?"乌鸦问。

"没什么,没什么,我亲爱的乌鸦老姐呀,"青蛙回答,"没什么大事儿。就是吧,我觉得自己太幸运了。我的父亲也住在这里,就是在这个屋顶。它威武雄壮,是个大块头。要是谁伤害了我,它肯定会为我报仇的。"

乌鸦听了这话不大高兴,它觉得,还是把自己的猎物放到更安全的地方为好。它飞到屋顶的另一侧,到了一个水管旁边。它休息了一会,正想吃掉青蛙,结果发现青蛙又高兴地在一旁大笑。

"哎呀,你现在又在笑什么,青蛙老弟?"它问。

"没什么,没什么,亲爱的乌鸦老姐,这都不值一提呀。"青蛙回答说,"我就是想到,我的叔叔,它比我爸爸更强壮,就住在这里呢。谁要是伤害我,我的叔叔一定不会放过它。"

乌鸦听了非常害怕,决定立马离开屋顶,于是它张开翅膀飞走了。

它用嘴叼着自己的猎物,飞到了最近的一个井旁,把青蛙放了下来。它正想开始自己的大餐,青蛙张口说话了:"亲爱的乌鸦老姐啊,我看到你的喙有点钝了,你吃饭前不应该准备准备吗?你看,那边有个石头,你快去那边磨一磨,把你的喙磨得亮亮的。"

乌鸦觉得青蛙说得有道理,于是走到石头那里,开始磨自己的嘴巴。正当它背过身子的时候,青蛙跳了一大步,然后消失在水中。

乌鸦还在一旁磨着自己的喙,等它转回去的时候,这才发现青蛙早就不见了。它在井边这找找,那找找,结果完全不见青蛙的踪影。

最后,乌鸦想到,青蛙应该在井里,它对着井大声唤道:"青蛙老弟!我亲爱的青蛙老弟啊!你这一回头就不见了,吓了我一大跳!我把我的喙磨好了!你快出来,让我吃了你!"

"哦,太不好意思了,乌鸦姐姐,"青蛙回答说,"我没法从井里爬出去呀!要是你还想吃我的话,那还是你进来吧。"说完,它就消失在深水之中。

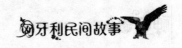

三个愿望

很久很久以前,在七个国家以外的太平洋之外,住着一个穷苦人,还有他的妻子。他们都还年轻,彼此相爱,但是因为贫穷的缘故,两人也会拌嘴。

有一天,妇女生了火,她想着,等到丈夫回家,就可以给他做晚饭了。水还没开的时候,丈夫就回来了,他欣喜地对妻子说:"哎,亲爱的!你知道今天发生了什么吗?我们的苦日子到头啦!以后,只要是我们想要的,就都会应有尽有的!"

"你别开玩笑,"妇人说,"你是找到宝藏啦?"

"我没胡说,你听我说,我今天出森林的时候,你知道我在路中间看到什么了吗?我看到了一辆金色的马车,前面有四只小狗陷在土里,于是我就帮了它们一把。车里面坐着一个漂亮的女人,我这辈子都没见过这么漂亮的人。她肯定是仙女!她对我说:'好人呀,你帮了我一个忙,我一定要回报你。'

"我想了想,我帮了她的忙,肯定是要她能帮我们解决贫困的问题。仙女问我是否结婚了,我说是的。她又问我是不是富有,我对她说,我们非常穷苦。

"于是仙女说:'那我可以帮你的忙。你回去告诉妻子,你们可以许三个愿望。'说完,她就像风一样,消失了。"

"你肯定是犯迷糊了。"妻子说。

"不信我们试试,你说个愿望,亲爱的。"

妇人听了这话,立马说:"我想要一根香肠,香肠在锅里煎着。"

话音刚毕,烟囱里就落下一口锅,里面的香肠塞得满满的。

"看到了吧,我没有骗你。"穷人说道,"我们再来许一个更聪明一点的愿望。两头牛,两匹马,两只猪……"他边说边拿起烟斗,往里塞着烟叶。他凑到火旁,想把自己的烟斗点上,但是他笨手笨脚,打翻了一锅香肠。

"我的天哪!香肠!你做了什么呀!我还不如许愿让香肠长到你鼻子上!"妻子大叫了起来,想去把香肠接到手里,但是香肠却一点点长到了丈夫的鼻子上。

"哎呀!笨蛋,你把第二个愿望用掉了。快把香肠拿下来!"

妇人尝试着把香肠取下来,但是它就像长在鼻子上了,怎么也拿不下来:"不然切下来吧!切掉一点你的鼻子不会有啥大碍。"

"怎么不会!你把世界上所有的财富给我,也不能伤害我的鼻子!不然这样吧,我们第三个愿望就让香肠回锅里去吧。"

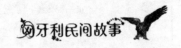

"那牛、马、猪怎么办？"

"算了算了，老婆，我长着香肠鼻子还怎么出门呢？你赶紧许第三个愿望，让香肠回锅里去。"

那还能怎么办呢，妇人只好许愿：让香肠从丈夫鼻子上下来。

他们把香肠洗干净，煎好，一起吃了好多顿。他们决定，以后不走捷径，还是更努力地工作，更努力地存钱。

军官和裁缝

很久很久以前,在七个国家之外的一个地方,有一个军官特别爱喝葡萄酒。这是军官的一个弱点,如果他不喝酒的话,他会成为世界上最厉害的勇士,没有人能和他相比。军官的钱不多,但是因为他的英勇,国王赐予了他很多礼物,他也富有了起来。那他到底有多少钱,我也不敢多说,他差不多已经有了一千块纯银福林硬币吧。

一天,军官想,这么多钱我能干什么呢?于是他去找将军,对将军说,自己在军队期间,要把钱给将军保管。将军接受了他的请求,拿走了他全部的钱。

某一天,军官要回家了,他去找将军,想把钱拿回来,但是将军却打了他五十杖。军官对这事死也不能忘记。这下这可怜的军官只能两手空空地回家了。

他走啊走啊,途中他突然想,还是不回家了。他要去找国王,把将军的所作所为都告诉国王。他走啊走啊,穿过一座森林的时

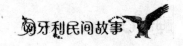

候,他走进了一家小酒馆。

"你好啊!有人吗?"

酒馆的主人跑到军官跟前:"哎呀!您从什么地方来的?怎么这时候过来?"

"这时候是怎么了?"

"您有所不知呀,这森林里住了十二个强盗,要是被他们抓了,可就别想活着逃出来。"正当酒馆主人说这话的时候,开门走进来一个裁缝。

裁缝问候道:"你们好哇!"

酒馆主人对裁缝说:"哎呀,您从什么地方来的?怎么这时候过来?"

"这时候是怎么了?"

"您有所不知呀,这森林里住了十二个强盗,要是被他们抓了,可就别想活着逃出来。"

裁缝被吓到了,立马觉得浑身冰凉,然后躲到床下边,把自己藏了起来。军官却没有被吓到,他打了打自己的剑,说:"我这一条命就等着这一死,强盗们尽管来吧!"话刚说完,强盗们就来了,他们把军官抓了起来,想把他吊死。

"行吧,"军官说,"你们尽管吊死我吧!我不介意!但是我有一个要求,让我死之前吃饱喝足。"

"我们让你吃,让你喝!"强盗头头说,"让你最后一顿吃饱喝足！"

酒馆主人拿来一点辣椒粉，还有一瓶葡萄酒。军官吃光喝光后，强盗头头对其中一个强盗说："现在，你把他带去吊死！"

"哎呀，这就不能劳驾你们了！"军官发声道，"一会我自己了结。"

强盗们听了这话甚是高兴："那请您自己解决吧！"

强盗们从来没有见过这样的人，居然会自己要求把自己弄死。军官对酒馆主人说："老板，请给我倒半杯酒，然后再往里倒半杯辣椒粉。"

酒馆主人给他倒了半杯酒，再往里倒了半杯辣椒粉。

"你们现在看这里，"军官说，"我现在要把这玻璃杯里的东西给喝了，然后我就死了。"

你们觉得军官在做什么呢？你们继续往下看。

他左手拿着杯子，右手拿着剑，以迅雷不及掩耳之势窜到了角落，然后把杯子里的辣椒粉撒到了十二个强盗的眼睛里，十二个强盗立马什么都看不见了，军官拔出剑，砍掉了十二个强盗的脑袋。

这时候，早早躲到床底下的裁缝探出了脑袋。"勇士先生，"裁缝说，"您救了我的命。好人有好报，我会给您带一个美丽的姑娘和一个灰头土脸的妇女来，您就在两个人中挑选一个喜欢的。"说完，裁缝就走了。

过了一个小时，裁缝回来了。他身后跟着一个姑娘和一个妇

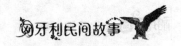

女。裁缝问："您选哪一个,勇士先生?"

那肯定是选姑娘嘛!她那么美丽,让人敢直视太阳,却不敢直视她。军官选姑娘也是好事,因为这个妇女是裁缝的妻子。可怜的军官这时候还不知道,裁缝原来是国王啊!他正微服私访,要看看国民真实的生活是什么样的。

裁缝把女儿嫁给了军人,然后他和妻子就离开了。他们把两个年轻人留在了酒馆里。姑娘一直都没有说自己是谁。

就这么过了一天一夜。第二天早上,裁缝又来了。对了,我得告诉你,他坐在六匹马拉的皇家马车上,后边还跟着六匹马拉着的马车。他给军官带了金贵的衣服,要他穿在身上。军官一下子糊涂了,觉得又惊又喜,但是他不知道到底发生了什么。

他穿上了金贵的衣服,人们把他带到马车里,让他的妻子坐到他的旁边。但这时候军官的心情非常不好,因为他觉得这背后一定是有什么危险等着他们,肯定是因为自己杀了十二个强盗,有人要来报复了。妻子安慰了他好半天,叫他不要那么伤心,就像梅雨的天气。军官却依旧伤心,一句话也说不出来。

等他们到王宫的时候,等待他们的是盛大的婚宴,里面有许多王公贵族,他们正等待着英勇的军官。这时候他立马意识到了,谁是那个新郎!

国王要把整个国家给他,急着想把王冠戴在他头上。但是英勇的军官说:"现在我不需要,父亲,不需要国家,也不需要王冠,我

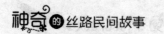

只想把我在军队挣的钱要回来,我想要将军把钱还给我。而且,我要打回他五十棍,如果他还在世的话!"

　　好了,这就是故事的结尾了!

金草地

很久很久以前,在七个国家以外,甚至还要过太平洋的某个地方,有一个可怜的孩子,他的名字叫强壮的彼得。他的名字可不是白叫的,因为全国没有人能够打败他。

有一天,强壮的彼得想,他不能再留在这个国家,他要去看看外面的世界,他要一个国家一个国家找,直到找到像自己这样强壮的人。

于是,强壮的彼得出发了,他爬过高山,经过峡谷,穿过森林和田野,七天七夜没有停歇,直到最后一个夜晚,来到了一片金色的草地。在这片草地上,每一根草都是金子,所有的花都是彩色明亮的钻石。他在金色的草地上走的时候,迎面走来一个小伙子,他问强壮的彼得:"嘿,你是谁,干什么的? 你在这里找什么?"

"我叫强壮的彼得,你怎么称呼呢?"

"呃,你好,强壮的彼得,我叫强壮的米哈伊,我们摔跤吧!"于是,他们不再说一句话,缠绕在一起,要把对方摔倒在地上。两人的骨头都嘎吱嘎吱地作响,不住地流血流汗,但是两人的比拼一直没有结果。就这样过了七天七夜,谁都不能打败谁。

"好吧,"强壮的彼得说,"我看我们是一样的强壮,我正在找一个像你这样的人。我们做好朋友吧。"

"这是我的手,"强壮的米哈伊说,他伸出了自己的手,"让我们做好朋友吧。我们彼此不要再争斗了。这片草地上会出现越来越多的士兵,就像草地上的草和天空中的星星一样多。我们一起联手打败他们!"强壮的米哈伊正说着话,士兵们就出现了,有好多好多人。于是,强壮的彼得和强壮的米哈伊冲向士兵们,手里拿着棍子向士兵们进攻。他们击败了一个又一个,击败了一千个。正当他们环顾四周,以为没有更多对手的时候,眼前又出现了一波士兵,就像是从地里长出来的,一个接一个。

"这样看的话,我们的斗争没有尽头,强壮的彼得,你看到那里的帐篷了吗?那里面住着一个老巫婆。她正坐在织布机前织出这些士兵。你过来,我们一起去杀死老巫婆,这样就不会有士兵来攻击我们了。"

于是他们进了帐篷,巫婆正坐在织布机前的椅子上,左右滑动着织布的梭子,她每推一下织布机,地上就长出一排士兵。

强壮的彼得大叫道:"住手,老巫婆!你的日子到头了!"

老巫婆赶忙跳了起来,把梭子扔到一边,小伙子们急忙跟上,但是就在一瞬间,巫婆从他们的眼前消失了,好像土地把她吃掉了

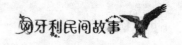

一样。

强壮的彼得四处张望,老巫婆究竟去了哪里?

"跟我来!"强壮的米哈伊说,"我知道她住在哪里!"

他们在金色的草地上走啊走啊,走了一段时间后,强壮的米哈伊说:"你看到那座大山了吗?"

"看到了。"

"那你看到山顶的黑色城堡了吗?"

"我也看到了。"

"好,你看到的话,我们就走吧,巫婆就住在那里!"

于是他们上了山,来到了城堡门口,他们想要进去,但是他们四面转了一圈,看到城堡的墙实在太高了,连鸟也飞不进去。所以他们决定去开大门试试。但是大门上的锁非常大,大得像一栋房子,他们想打开锁,但是不知道用什么方法才能打开。

他们忧伤极了,只好回到草地,漫无目的地四处徘徊,也不知道要去哪里。一天,他们遇到了一个头发都白了的老人。

老人问:"你们怎么啦? 怎么年纪轻轻的看上去这么忧愁?"

小伙子把遇到的事情都告诉了老人:他们想进巫婆的城堡,但是没有成功。

"那有什么好伤心的,"老人说,"你们去珍珠溪旁,那里有一朵花,一到半夜就会安静下来。你们过去盯着它,等半夜你们听到它静下来了,就一下把它摘下来,然后马上拿去开巫婆的锁,立马能打开!"

他们谢过了老人,然后去了珍珠溪旁。这条小溪正好在金草地的中央,他们在小溪旁寻找,找到了那朵在夜晚安静下来的花。但是这朵花可真大呀!它一开放,整个金草地都比它小!他们赶紧摘下花,跑到了山上,用花碰了锁,锁立马开了,城堡前的大门落了下来,两个小伙子走了进去。

他们在院子里走的时候,遇到了一个老人和一个女孩。

老人问:"你们怎么进来的?"

"我们用花开门进来的。"强壮的彼得说。

"那你们来这里做什么?"

"我们来杀死老巫婆。"

"如果你们是为此来的,愿上帝保佑你们!你们知道吗?我一直是金草地的国王,但是这个惨无人道的巫婆抢走了我的王冠,这之后把我和女儿一起关进了这里,我们终日只能忧伤地在这里度日。那里有一块岩石,你们看到了吗?里面有个山洞,巫婆就住在那里。你们进去的时候,巫婆会问你们饿不饿,你们只管回答她,我们很饿。她会让你们坐到餐桌旁,然后把门转过来,你们这就去抓住她,不然的话,她会放出无穷无尽的士兵来,叫你们挡也挡不住,然后杀死你们。"

强壮的彼得说:"强壮的米哈伊,我现在了解足够多的情况了,你就和国王他们留在这里,我一个人去解决老巫婆。"

强壮的米哈伊没有拒绝,因为他发现自己深深地被公主吸引,公主就像天空中的星星一样明亮。于是强壮的彼得一个人去了山洞。

他这里瞧瞧,那里看看,但是谁也没看见。这时候,强壮的彼得的头顶传来声音:"你饿不饿?"

"我饿。"

"那你就上来!"话音刚落,强壮的彼得前面出现了一把扫帚。

"坐上扫帚去!"强壮的彼得抓住扫帚,坐了上去,然后就来到了一个硕大无比的房间。强壮的彼得一辈子都没有见过这种房间。地板是用钻石做的,墙壁是用金子做的,窗户是用银子做的。房间中间有一张金桌子,上面摆满了金色的装饰,有金盘子、金碗!桌子旁边是金凳子。

这时候,巫婆发话说:"强壮的彼得,坐过来! 快来吃吧! 我的很多士兵都被你杀了,但是你别怕,我现在不是要伤害你。"

强壮的彼得看着桌上好吃好喝的,就敞开怀吃了起来,高兴得忘乎所以。

巫婆在一旁不断怂恿他:"吃吧,强壮的彼得,喝吧!"

而强壮的彼得也是自我安慰:"没关系,我就吃一会,吃一会就好。"但是他一刻都没有停下来。

没多久,强壮的彼得觉得困了,他用力摇了摇头,但是很难睁开眼睛。然后他的头倒在了桌子上,桌子狠狠地震动了一下。

老巫婆从桌子旁跳出来,要到门口去,正当巫婆要把手铐给强壮的彼得戴上时,强壮的彼得跳了起来,抓住了巫婆,把她狠狠打了一顿。巫婆被打得灵魂出了窍,然后死了。

这时候,强壮的彼得打开旁边的房间,看到里面有个巨大的织布机,他立马把织布机打碎,去找国王,他说:"尊敬的国王,你不用再伤心了,我解决了巫婆。你可以继续快乐地在这个世界上活下去了。"

国王也不用再继续忧伤,因为巫婆的灵魂不再控制城堡,整个城堡也不再黑暗,一下子明亮起来,天和地又重现光芒。强壮的彼得去找巫婆的时候,巫婆的那些士兵也都被强壮的米哈伊解决了。国王的确可以继续活下去了。

国王想让强壮的彼得和强壮的米哈伊留下,和自己一起生活。但是强壮的彼得说:"谢谢尊敬的国王,我还要去别的地方看看,如果上帝帮我的话,我还会回来的。我的伙伴会留在这里。"于是他们也没有再继续强留,强壮的彼得一个人独自离开了。

强壮的彼得在金草地继续走,等到累了的时候,他在一棵树下睡着了。这时候,一只天鹅停在了他的胸口上。天鹅摆动着它的翅膀,一下子变成了一个美丽的姑娘。她美得无与伦比,人能直视太阳,却不敢直视她。姑娘头上戴着一顶金色的王冠,她慢慢地把王冠放到地上。

强壮的彼得这时候已经醒了,但是他装作睡着的样子。他看

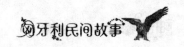

到姑娘起身,来到离树不远的一个湖旁,然后进去洗澡。

强壮的彼得想:"她现在要属于我呀!"他拿起姑娘的王冠,转身就跑。

姑娘在他身后大声喊:"站住! 小伙子! 你快回来! 我会成为你的人!"

这时候强壮的彼得转身,带着王冠回去,但是他刚到湖边,姑娘就说:"小伙子,你要拿走我的王冠,我还是要惩罚你的。我要你变成金绵羊!"话音刚落,强壮的彼得就变成了一只金色的绵羊。

时间一天天过去了。一周又一周,强壮的彼得一直都没有回到城堡里。这时候,强壮的米哈伊对国王说:"尊敬的国王,我要去寻找强壮的彼得,因为他可能遇到了麻烦。"于是,强壮的米哈伊上路了。他在金色的草地上行走,然后,遇到了之前给他们指示的那个老人。

"你去哪儿啊,年轻人? 你是要去找你的伙伴,对吗?"

"是的,老先生!"

"如果你要找他的话,那里有个湖,有只金色的绵羊在那里跑来跑去,那就是你的兄弟。你把他的头砍下来,扔到湖里去,他就能变回来了。但是你告诉他,仙女在他背后大叫的时候,他千万不能回头。"

强壮的米哈伊来到湖边,他看到有只金色的绵羊在湖边跑来跑去,他抓住绵羊,把他的头砍了下来,扔到了湖里,就这样一瞬间,他的兄弟就变回来了。老人说的没错,而且强壮的彼得变得比以前更美,更强壮了。

"强壮的彼得,听着!"强壮的米哈伊说,"你现在变回了原来的样子,但是你要注意,如果仙女,或者不管是谁,在你背后大叫的话,你不能回头。"

"好的!"强壮的彼得允诺道。于是,强壮的米哈伊回到城堡,强壮的彼得继续躺在树下休息,等着天鹅来。天鹅和上次一样,放下了自己的王冠,然后强壮的彼得拿起王冠就跑,但是他一直都没有停下来,因为他知道自己不能回头。美丽的仙女在背后一次次地呼喊他:"回头,你快回头,我会成为你的人,小伙子!"强壮的彼得再次回了头,仙女把他变成了一只鸟。

城堡里的人等着强壮的彼得,但是一直没有等到,于是强壮的米哈伊再次出发了。他又一次遇到了之前的老先生,老先生指示他去湖边:"你赶快去湖边,你会看到一只鸟,把它抓住,然后扔到湖里去,叫它喝湖里的水。等它变回了人,你就告诉他,别拿自己的生命开玩笑,因为他肯定会伤害自己。"

于是强壮的米哈伊来到湖边,抓住了鸟,扔到了湖里,鸟在湖里喝了一大口水,然后变回了人形。强壮的彼得比之前更加英俊,更加强壮。

"强壮的彼得,"强壮的米哈伊说,"你这是第二次变回人形了,我对你说,你要接受老先生所说的话,因为他的话总是奏效。

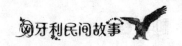

不管仙女在你后面说什么,你都不要回头! 要珍惜你的生命!"

强壮的彼得把话听了进去,他保证自己无论如何都不会回头了。等到仙女再出现的时候,强壮的彼得把自己全部的保证都抛到了脑后,因为仙女在后面苦苦地叫他,用最美妙的声音呼唤他。于是他第三次回了头,就在那一瞬间,他的脚长到了地上,成了一棵杨树。

过了一周,又过了一周,强壮的米哈伊一群人又是白等。

"我算是明白了,"强壮的米哈伊想,"我的兄弟肯定又是遇到麻烦了。"于是他去找老人,问他是不是看到了强壮的彼得。

"我看到了,"老先生回答说,"他变成了一棵杨树。这里有把斧头,你把它从根砍掉,然后扔到湖里去。等它再次变回人形的时候,你要告诉他,如果再发生同样的事情,我就帮不了他了。"

强壮的米哈伊来到湖旁,他砍下了杨树,然后拖到了湖里。于是,强壮的彼得第三次变回了人。

"强壮的彼得,"强壮的米哈伊对他说,"你这是第三次变回人形了,如果以后发生同样的事的话,那我们都帮不了你了。你保重!"说完,强壮的米哈伊又回到了城堡,强壮的彼得又躺回了树下。

他合上了眼睛装睡,一只天鹅挥动着翅膀落了下来,然后变成了一个美丽的姑娘。她摘下自己的王冠,然后跑到了湖边。这时候,强壮的彼得立马从地上坐起,抓起仙女的王冠,撒开脚丫奋力奔跑起来,跑过了山川河流。仙女在后面追赶,就像风一样紧追不舍,一边追,一边呼唤他:"回头看,回头看,我会成为你的人!"但她的呼唤是徒劳,强壮的彼得不回头看。

仙女祈求着,哭泣着,呼唤着:"回头看!回头看!你只要回头看一次呀!"

她可以哭泣,可以祈求,但是强壮的彼得不可以回头。强壮的彼得一直狂奔,奔到了城堡前。他跑进大门,然后回头了。这时候他已经可以回头了,他看到了仙女。

强壮的彼得高兴地喊道:"你是我的了!我也是你的了!是命运选择了我们!"说完,他们就把手拉在了一起,然后走进了宫殿。国王马上叫来神父,不是一个神父,而是两个,因为国王的女儿要嫁给强壮的米哈伊,仙女要嫁给强壮的彼得。

婚宴上他们请了很多宾客,国王把金草地分成了两部分,一部分给了强壮的彼得,另一部分给了强壮的米哈伊。如果他们还没有过世的话,现在还活着呢。

白　蛇

很久以前，有一位国王，他的智慧在四方闻名遐迩。人们在他面前什么也不能隐藏，就像风能吹散人所有的秘密一样。如果有人在他面前隐瞒什么，他也很快就能识破。

国中的人都觉得神奇，同时，他们也知道国王有个特别的习惯。宫廷的人午餐结束后，国王会叫所有的人都出饭厅，一段时间的寂静之后，国王一个可靠的仆人会把菜盖上盖子拿去给他。国王在打开盖子前，也会叫仆人出去，然后无人知道那个盘子里是什么，国王究竟吃了什么东西，因为他一个人独自在饭厅里。

国王的仆人因此非常好奇！终于有一天，他实在忍不住了。那一天，国王摇铃，要仆人把盘子端走，仆人没有把盘子放在原来该放的地方，而是拿到了自己的房间。他关上门，掀开了盖子。他看到了什么？——一条白蛇。

事情都到这一步了，仆人怎么会不尝尝这食物是什么味道呢？于是，他切下一小块肉，然后放到了嘴里。

那一刻，他听到了窗外某个奇怪的声音。究竟是什么声音呢？他想。

他走到窗户旁，向外望去。他看到麻雀在树丛中叽叽喳喳，一刻不停地闲聊着：它们看到了什么，听到了什么，邻居家发生了什么，边境那边有什么新鲜事儿。仆人每个字都听得清清楚楚，因为他吃了白蛇的肉，于是他得到了令人不可置信的能力：他能听懂动物的语言了。

在那段时间，王后最美的戒指不见了。因为这个仆人可以在宫殿里四处走动，所以他就成了嫌疑人，除了他，还有谁能偷东西呢？国王把他叫到跟前来，严厉地威胁他，如果第二天不能说出真正的罪犯是谁，那么谁都不能帮他摆脱罪名，他也别想逃脱该得的惩罚！仆人的委屈国王视而不见，尽管他说自己是无辜的，自己连王后戒指的颜色都没见过。

"听着，明天他们就会把你投到监狱去，可能也会把你的头摘下来！"宰相边说边把他赶出了宫殿。

可怜的仆人这下能怎么办呢？他忧伤地来到花园，坐到了一棵树下，垂下头，哭泣了起来，如果自己能从这次危险中脱离，那该多好啊！

不远处有一条小河，河边有一群鸭子在休息，它们正是王后农庄里的鸭子，正在一起聊着天。仆人竖起耳朵听它们说什么。它们说今天吃了多少东西，味道如何，饱足没有。这时候，有一只鸭

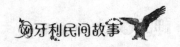
子十分恼火:"这该死的戒指堵在我屁股里,好难受!"

"什么戒指?"另外一只鸭子问?

"我跑的时候不小心吃掉了窗户下的一枚戒指。"

仆人听到这句话,立马跳了起来,然后跑过去抓住那只鸭子。鸭子又叫又喊,但是仆人只管抓着鸭子直奔厨房找厨师:"快,快把这只鸭子切开! 它够肥了! 可以做菜了!"

"这倒是。"厨师应和道,"是长得挺肥,当晚饭正好。"于是厨师割开了鸭脖子,然后开始清理鸭毛,清理鸭内脏,他在鸭的内脏里找到了王后丢失的戒指!

仆人立马跑到国王那里:"尊敬的国王陛下! 戒指在这里! 他们在鸭肚子里找到了王后的戒指! 我起誓,我说的是真话:我是无辜的!"

国王也因自己的不公正而羞愧:"的确,这个猜疑没有根据。"他说,"我要弥补你的损失,你可以告诉我,你想要什么:黄金,还是什么官位? 我会满足你的愿望。"

仆人已经不想在宫殿继续停留下去,这里的人曾经对他充满怀疑,他很难过。"国王陛下,"他回答说,"谢谢您的好意,但是我只有一个愿望,我想去看看这个世界。我只想要一匹马,还有一点钱,够在路上用就行。"

"你去我的马厩,自己挑一匹马。"国王还让他去国库,拿他自己所需要的钱财。

于是仆人出发了,他要去看看这个世界是什么样的。

一天,他正在湖边休息的时候,看到湖边有三条鱼,它们被芦苇缠住,痛苦地挣扎着。人们以为鱼都是哑巴,是不会说话的,但是仆人能听懂它们之间的语言,明白它们的痛苦:难道它们要这样难受地死去吗?

仆人是个好人,他很怜悯它们。于是他下了马,然后把这三条鱼放到了水中。它们在水中高兴极了,摆了摆自己的尾巴,然后消失在水中。但是没一会,它们又从水中探出头来,对仆人说:"好人有好报,我们很感激你救了我们。"

突然仆人趴了下来,因为他听到沙丘上有一点细小的声音,到底是什么声音呢? 原来是蚁王正在抱怨:"如果人能把他们那些大动物都看管好,我的王国也就不会成为那头蠢马蹄下的肉饼了!"

仆人立即拉了拉马的缰绳,以免让自己的马伤害到这些动物。

蚁王这时候大叫道:"好人有好报! 我们很感谢你!"

然后,仆人来到了一座森林,他看到树叶都红了,甚是好看。其中一棵树上有一个乌鸦窝,乌鸦父母站在巢口,把小乌鸦往外拖。"你们要走出这个家! 不能再在家里待下去了!"它们叫道,"你们已经够大了,现在是你们自己照顾自己的时候了!"

小乌鸦挥不动翅膀,可怜地落在草地上不知所措。"我们怎么照顾自己呢? 我们的翅膀都没有长硬,都还不会飞呢! 我们这样只能饿死呀!"

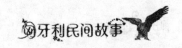

仆人找到小乌鸦,然后杀了自己的马,用马血喂饱了它们。小乌鸦吃饱之后说:"好人有好报! 我们很感谢你!"

于是仆人只能走路闯世界了。他走啊走啊,来到了一个大城市。

城市的路上吵吵闹闹,熙熙攘攘。"这里发生了什么?"仆人很疑惑,"大家在等什么?"

所有人都伸长脖子朝一个方向看。这时候,远处的街角出现了一个骑士,他穿着红色的天鹅绒服装,吹响了手中的号角。人群安静下来时,他大声说道:"我要向全国宣布,公主正在寻找夫婿。如果有人想要报名,需要通过生死的考验。有人愿意吗? 勇士们!"

"有!"仆人叫道。

人群为仆人开了条路,他站到骑士面前,对骑士说:"我的生死都由公主决定,我接受挑战,我要迎娶公主!"

"你想好了吗?"骑士问。

"如果你不能完成任务的话,你会被绞杀,就像别的失败者一样。你现在后悔还来得及。"

"我走遍了全世界,我早就耳闻公主的美貌,我知道世界上没有比她更美的人了。我要么娶她,要么去死。"

骑士确定了仆人的决心,然后把他带到了宫殿,来到国王的面前。国王后边坐着他的女儿,她美得无与伦比,仆人几乎都舍不得眨眼睛。

公主一句话都没有说，只是从手上摘下戒指，然后放到一个金盘子上。她几乎都没有看仆人一眼，就骄傲地从房间里离开了。

"你要从海底把这枚戒指带回来。"国王说。

"如果你不能带这枚戒指回来，我们就把你扔到海浪里。"他们把仆人带到海边，然后把戒指扔了进去。

"现在你可以开始找了。"他们说完，就离开了，留下他独自一人。

他站在岸边，不知道怎样才能完成任务，浩瀚的大海里怎样才能找着这么一枚小小的戒指呢？

"现在是可以跟这个世界说再见了，明天我的生命就要结束了！"他看着海面，海水干净清澈。突然，他看到了三条小鱼，它们蹦出水面，探出头来，中间那条小鱼嘴巴里藏着什么东西，等它靠近的时候，他发现，那是一个贝壳。鱼儿跳到岸边，然后把贝壳留在仆人的脚边，对他说："这是对你的回报。"

没等仆人缓过神来，三条小鱼就已经离开了。仆人看着水纹，知道它们已经远去，于是捡起贝壳，然后打开，看到里面正是公主的金戒指！他立马赶回宫殿，出现在国王面前，请求国王兑现自己的诺言。

但是苛刻的公主还是不同意："想要娶我的人，还是要接受考验。"

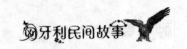

　　她跑到花园里,然后往草堆里撒了十粒米,"到明天凌晨太阳升起之前,你要把它们都找回来。"

　　仆人坐在花园的长凳上,他想着,怎样才能把这十粒小小的米都找回来呢?他知道,这是永远也不可能的事情!算了,还是等着明天别人把自己带去断头台吧。他为自己的命运感到忧伤,正要睡着的时候,听到了一阵小小的声音,是小蚂蚁从草丛里爬了出来,它们扛着那十粒米:"这是给你的回报!因为你之前珍惜我们的生命!"

　　年轻人惊讶地看着地上,蚂蚁把十粒米摆得整整齐齐,一粒也没有少。

　　第二天一早,公主来到花园里,她惊讶地发现,小伙子平安地躺在长凳上,手边放着她撒掉的十粒米。

　　小伙子看到公主走来,立马坐起来,然后向她鞠躬:"我完成了第二项任务,我希望获得我的奖赏。"

　　"不管你有没有完成任务,我现在还不能成为你的妻子,除非你从生命树上给我摘个苹果来。"公主说完后,留给小伙子一个背影。小伙子根本不知道生命树在哪里,但是他对自己说:"只要你走得动,就去,直到你找到为止。"

　　仆人走遍了三个国家,一天晚上,他走到了第四个国家的边境,来到了一棵树底下。他太累了,合上自己的眼睛睡着了。他突然听到头顶有什么东西在动,好像是鸟,张开眼睛向上看去,天太黑了，他什么也没看到，只有零星的一点光亮。突然什么东西掉到了他怀里："你找的东西就是这个，是一个金苹果。"

他惊奇地张开眼睛，听到了一阵低语，原来是三只乌鸦。"我们是那三只小乌鸦，这是我们给你的回报。"它们说，"我们听说你在找金苹果，所以我们去了世界的尽头帮你把它找来。"

仆人的疲惫一扫而光，他再次出发，一刻不停歇地回到了公主跟前。他把苹果给了公主："我满足了你的愿望，这下你也要满足我的愿望，做我的妻子！"

公主不再拒绝，她的心里充满爱意。不久，他们就结婚了。如果他们还没死的话，现在还快乐地活着呢！

傻弟弟

以前有个穷苦人,他死后给三个儿子只留下了一头牛。三个儿子约定,他们每人造一个谷仓,牛进了哪个谷仓,那它就属于谁。

他们建好了谷仓,大儿子和二儿子把谷仓造得又大又漂亮,牧师住在里面都不觉得不合适。而小儿子,他有点傻,用杨树枝编了一个谷仓。他们放开牛,这牛却头也不回地朝着杨树枝编织的谷仓奔去。

两个哥哥很是生气,但最后还是把牛给了自己的傻弟弟。

傻弟弟把一根绳子系在牛头上,然后牵着牛去了集市。

走在路上的时候,突然刮起了大风,一棵柳树沙沙作响,发出就像推车轮子那样的声音。

"唔,"傻弟弟想,肯定是它要买这头牛。他走到树跟前说:"你打算出多少钱?"

柳树依旧发出沙沙沙沙的声音。

"哎,不然这样吧,我帮它把牛的两个角打下来。"他想着。

他抓住牛，把牛角打了下来。

但是柳树依旧发出沙沙沙沙的声音。

"你是没有钱吗？没关系，你今天走运啦！我下周还会再来的。"

说完，他把牛系在柳树上，就回家了。

回到家里，他的哥哥们问他："蠢货，你把牛卖了吗？"

"应该是。"傻弟弟回答说。

"你卖给谁了，蠢货？要知道可是谁都能骗你。"他的大哥哥问道。

"我应该卖得还行吧，哥哥。我卖给了一棵柳树，卖了四十福林。"

"那钱呢？"

"下礼拜它会付的，我下周就过去一趟。"

他的两个哥哥哈哈大笑："你真是世界上最蠢的人啊！行行行，你卖得好，你下周五会拿回卖牛的钱。"

傻弟弟没有理睬自己的两个哥哥。

一周后，他回到柳树旁，问柳树要钱。但是柳树一言不发，连个音节都不吐露一下。

"你就是这样做生意的吗？"小伙子说，"你的诚意呢？"

他狠狠地打了一下柳树，然后抓住树干，把它连根拔起。他看到树坑里居然有一大袋钱！

小伙子对柳树说:"你听到了吗? 我把钱拿走当作牛的价格了。多出来的我就当利息了。"说完他抱起树,把树放回原来的坑里,然后拿着一袋钱,头也不回地走了。

等他到家的时候,两个哥哥看到他拿回来那么一大袋钱,觉得这钱给弟弟,还不如给自己。

但是傻弟弟的耳朵可不聋,他听到了哥哥们的想法。夜深了,傻弟弟赶紧离开了家,一大早来到国王跟前求他裁断。

国王有一个女儿,一生中从来没有人能够让她开怀大笑,所以看上去非常忧愁。

傻弟弟把自己的经历一股脑儿地全倒了出来,公主就开始哈哈大笑,笑到房子几乎都震动了。

国王对他说:"小伙子,我曾说过,谁要是能让我的女儿开怀大笑,我就把她嫁给那个人。我不能违背我自己的誓言。我要把我的女儿嫁给你,我还要把半个王国给你。你的两个兄弟我会驱逐出国境。"

"尊敬的国王! 求您不要赶走这两个可怜人,让他们也来宫廷工作,他们会成为好人的。"

"那好吧,我遵循你的意愿。"国王说。

于是他们举行了盛大的婚礼,婚礼一共持续了七天七夜,甚至连马都有葡萄酒喝。这之后,两个相爱的人一起出去度了蜜月。如果他们来到了你家,你可一定要招待他们呀!

盐

从前有个年迈的国王,他有三个女儿。他的半只脚已经跨入了棺材,想在死之前看到三个女儿都能出嫁。想想这也不是什么难事,因为他有三个国家,每个女儿可以去不同的国家寻找丈夫。就像世界上没有一模一样的苹果,世界上也没有三个一模一样的国家。国王对女儿说,你们谁最爱我,我就把最美的国家给她。

他先问大女儿:"回答我,亲爱的女儿,你有多爱我?"

"就像鸽子喜欢干净的麦子一样。"女儿回答说。

"你呢? 女儿?"他问二女儿。

"我爱你爸爸,就像炎炎夏日里的微风。"

"好,现在轮到你了,"他转向最小的女儿,"告诉我,你有多爱我?"

"爸爸,我爱你就像人们爱盐一样。"小女儿回答说。

"你说什么? 你这没用的家伙!"国王暴跳如雷,"如果你是这样爱我的话! 离开我的宫殿,离开我的国家!"

　　小公主哭得很伤心，但是没用，她苦苦向国王解释，人们是多么爱盐啊，但是她依旧没有被怜悯，她依旧要离开这个国家去别的地方。

　　小公主边哭边走。她来到一片广阔的森林，迷了路，于是她在一棵空心树里给自己安了一个家。她常常来到森林里，摘点草莓、覆盆子还有坚果喂饱自己。就这样，一年过去了。

　　有一天，邻国的王子来到了这片森林，他看到公主在采摘覆盆子。公主也注意到了王子，她害怕地跑回了空心树里。

　　王子紧紧跟随："你是谁？"

　　公主蜷缩在树洞里，像夏天的树叶一样瑟瑟发抖，她一声不吭。

　　王子又问："嘿，你是谁？你是人还是妖怪？如果你是人的话，就出来；如果你是妖怪的话，那就回到你的地狱里去！"

　　公主还是不敢出声。

　　王子第三次问："嘿，你到底是谁？你告诉我你是人还是妖怪！我马上就要冲进去了！"

　　公主感到十分地不安，往树洞最深处退。她的衣服早就又脏又破，她对自己感到羞耻，她一边抽泣，一边告诉王子自己是谁。王子很喜欢公主，虽然公主的衣服又脏又破，看上去很邋遢，但是她还是很美丽。王子轻轻地牵起公主的手，把她带回了自己的宫殿，为她换上了昂贵的、有金子和钻石做装饰的衣服。他们连一个星期都没等到,不对,是不到一天,可能是不到一小时,就结婚了,然后举行了隆重的婚礼。

时间一天天地过去,这对年轻的夫妇愉快和平地生活在一起,就像鸽子一样彼此相爱。王子变成了国王,公主成了王后。

一天,国王对王后说:"亲爱的妻子,我第一次见到你的时候,并不明白你的父亲为什么要赶你走。你把整件事情再详细清楚地说一次。"

"亲爱的丈夫,"王后说,"我现在说的,跟以前一样。我的父亲问我究竟有多爱他,我回答说,就像人们爱盐一样爱他。"

"好,"国王说,"我来想想办法,可以帮你赢回父亲的心。"

一天,年轻的国王回来的时候,他没有和自己的妻子说什么话,而是进了另一个房间,给她父亲写了一封信,邀请老国王来参加一场午宴。第二天,信就寄出去了。第三天,老国王就乘着那六匹马拉着的马车来了。年轻的国王把老国王带到宫殿里最漂亮的房间,房间的桌子已经为两个人准备好。他们在桌子旁坐下,仆人端上一盆比一盆香的菜,但是年轻的国王吩咐厨师,给老国王做的菜统统不要加盐。

这就是一顿午饭!老国王喝了口汤,然后拿勺子拌了拌,又喝了一口,于是放下勺子。这汤他几乎无法下咽,因为一点咸味也没有。老国王想,他们肯定是在汤里忘了放盐,下一道菜应该就不会忘了。但是第二道菜还是没有咸味。仆人们端来了切得十分整齐

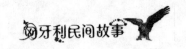

美观的肉条,但是老国王只尝了一口,他们只好又端了回去。这么贵的肉条什么味道都没有,太淡了!

这时候老国王实在坐不住了:"听着,年轻人,你的厨师是怎么回事,怎么做菜都不放盐?"

"不是的,我的厨师做饭一直都很正常,只是我听说您不爱盐,所以我吩咐他们做菜不要放盐,免得您不喜欢。"

"这你就做得不对了,我很喜欢盐啊!你是听谁说我不爱盐的?"

"我是听您女儿说的,尊敬的国王。"年轻的国王回复道。

就在那一刻,房间的门打开了。王后走了进来,她正是老国王的小女儿。

哎呀,老国王高兴坏了。因为他打心眼里后悔,当时把自己的女儿赶出了国家。当然,他把自己最大的国家留给了她。年轻的国王立马也开始管理这个国家。如果他们还没死的话,现在还快乐地活着呢。

哭泣的仙女

很久很久以前,在太平洋的另一端的玻璃山上有一座美丽的城市。这座城市的太阳总是高照,花儿一朵比一朵美艳。这里从来没有人死亡,每个人都很快乐。仙人们居住在这里,他们活着只有喜悦和幸福,不知道什么是哭泣、疾病。这里也没有小偷,没有坏人。一天,一群美丽的仙女来到一片草地玩耍,树林里响彻着她们的欢笑声,甚至在遥远的城市里都能听到。

在玩耍的时候,最小的仙女哈哈大笑,她的声音就像小铃铛一样清脆。有一个漂亮的小伙子听到了这声音,心神就荡漾了起来。他坐在草地的尽头,痛苦地睡着了。

晚上正当仙女们回家的时候,最小的仙女看到了被她的笑声打动的小伙子。她经过他的时候,把手帕从口袋里掏出来,盖在他的眼睛上,这样月光就不会照到他的眼睛,影响他休息了。

晚上月亮照耀的时候,小伙子醒了,他意识到自己的眼睛被什么东西盖着。他从眼睛上取下手帕,这手帕美得像是面纱,而且上面还有淡淡的香味,他这辈子都没有闻到过这样的香味。小伙子就想,这手帕是怎么盖到自己眼睛上的? 这里也没有别人,只有那些美丽无比的仙女。但是他也没有见到她们。正当他思考的时候,他发现手帕上有字。

这样不就知道手帕是谁的了嘛! 小伙子暗自想道。小伙子不识字,于是他把手帕带回家给哥哥看,但是哥哥也是个糊涂蛋,他说,那肯定是魔鬼的手帕。

如果是魔鬼的手帕,小伙子也不介意,他要找到手帕的主人。他让母亲为自己准备了一些路上要用的东西,然后就出发了。他走啊走啊,越来越饿,然后在溪水旁的一棵树下坐下来。他打开自己的行李,发现一只黄鼠狼。黄鼠狼在他身上跳来跳去,说:"听到没有小伙子,把你的面包分我一个,因为我很饿!"

"如果你只是这么个小愿望的话,我满足你,黄鼠狼。你的愿望这么小,但你知道吗? 我的愿望是想知道,这块手帕的主人是谁。我找到后要把手帕还给人家。"

黄鼠狼看了看手帕,又凑上前闻了闻,然后开始笑了起来,笑得前仰后合。它心情好得几乎忘了吃东西,而小伙子已经把面包拿出来,准备给它了。

小伙子看着黄鼠狼高兴的样子,不明所以。他抓住它的尾巴,它马上开口说:"听着,小伙子,你帮助了我,我是不会忘记的,我的尾巴从此就在你的手里,你想去哪里就能去了。你把你的手放在我的尾巴中间,然后你想一个要去的地方,就能到那儿了。你千万不能把我的尾巴丢了,因为你以后还有很多地方要用到它。今天,我碰到你这样的好心人心里很高兴,我要告诉你,我曾经是这条手帕的主人的第一个婢女。她是一个小仙女。"

小伙子一听,立马就跳了起来,他紧紧抓着黄鼠狼的尾巴,然后想着要来到小仙女的身边,没一会,他就到了要去的地方。他被小仙女身边的亮光刺痛了眼睛,等他缓过神来,他看到房间里只有小仙女一人,他把手帕放到她的怀里。小仙女觉得房间有人来了,以为是照顾自己的人。当她看到眼前的小伙子时,她的心跳瞬间加速了,因为她也很爱他,当她看到他躺在仙女草坪旁的时候,就已经心动了。他们彼此凝望着,过了好久,小仙女开口说:"听着,亲爱的。你不能留在这里,如果我的后母看到你,我们两个都得死。你快躲到这个核桃壳里,然后我带你走。"

小伙子不解,自己怎样才能躲到小小的核桃壳里去呢?自己的小拇指都比核桃大呢。小仙女看出了小伙子的不解,她施展法术,把小伙子变得越来越小,越来越小,正好能躲进核桃壳。就这样,他在核桃壳里待了两三天。这时候,小仙女已经不再哭泣了。

这一天,仙女们又去草坪上玩耍。小仙女带着核桃壳一起走了。到了外边,她掰开核桃壳,放出了小伙子,他们在一起很开心。所有的仙女都很喜欢这个帅气的小伙子,但是谁都不知道他从哪里来,要往哪里去。小伙子不希望其他仙女注意到自己,但是没用。小仙女的后母有一个爱打小报告的女儿,老是对着美丽的小仙女发脾气。她注意到了小仙女带着一个核桃壳,她一回家就告诉了自己的母亲。

后母又告诉了自己的丈夫。小仙女的父亲把她叫到跟前,要她交出那个男孩,如果她拒绝的话,那就把她赶出家门! 于是小仙女哭了起来,自己爱上一个凡间的小伙子难道有错吗?

当小仙女不得不把小伙子交出去的时候,她紧紧抓住核桃壳,然后扔了出去。核桃壳滚进了一个小洞,那个洞正是黄鼠狼的家! 黄鼠狼正高兴呢,天上掉下一顿美食来。它拿起核桃壳,却听见里面发出了声音:"不要吃我,亲爱的黄鼠狼,我是那个小伙子!"

黄鼠狼可高兴了。它从仙女那里学了很多的东西,所以知道怎么打开核桃壳,它把核桃壳在自己头上转了三圈,然后扔向一棵树,核桃壳裂开了,小伙子从里面走了出来。

"小黄鼠狼,是你救了我的命! 作为回报,我要给你一麻袋的核桃! 我还要问你,我怎样才能和小仙女说上话?"

"这不是难事,她后母用七把锁把她锁了起来,但是我会帮你的。你离开后,她就每日哭泣。"小伙子很高兴,然后躺下休息了一会,因为他在核桃壳里睡得不好。

等他睡着后,黄鼠狼就带着他的灵魂去找小仙女了。小仙女可真高兴啊! 她立马停止了哭泣,抱着小伙子,亲吻着他,但她觉得自己在抚摸一个灵魂。这之后她高兴地睡着了,但等她醒来后,小伙子不见了。

他去哪里了？怎么突然不见了。她去找自己的父亲,祈求他,让自己去见见深爱的小伙子。当最爱的孩子祈求自己的时候,父亲能怎么办呢？他带着女儿去见了沉睡的小伙子。

父亲对女儿说:"别哭了,我可以让你成为这个小伙子的妻子。但是他得经过仙女的考验。你知道,仙女的考验并不容易。"

"好,他接受挑战,我会帮助他的!"小仙女立马说道。

"你也知道,这是不允许的,他需要自己完成挑战。"严厉的父亲说。

小仙女高兴地回到了自己的房间,她找到自己的仆人——那只黄鼠狼,叫它去找小伙子,教他如何通过仙女的考验。因为小仙女深爱这个小伙子,所以她特别希望他能通过这次考验,如果这件事能成的话,她就送黄鼠狼一袋核桃。

那我们来看看,什么是仙女的考验。

首先,小伙子必须独自在草地上睡一晚。这不是什么大事,小伙子想。但是等他一进入考验,他的耳中就传来一阵阵尖叫声、号叫声,令他几乎疯狂。他向四处张望,但是看不到任何人,这尖叫声、号叫声越来越强烈。他顶着头疼的感觉一直往前走,他相信自己肯定能找到那个大吼大叫的人。但他没走三四步,就晕了过去。第二天早上,小伙子醒过来,啥事儿也没有,只是有点疲惫。

我们来看看第二个考验。那也是个晚上,小伙子走进一个房间，要在里面过一夜。这也不是什么大事——小伙子想。但是等他一进入房间，就有什么东西抓住了他的手和脚，然后越来越近，他觉得自己的灵魂都快要离开身体了。他苦苦挣扎无果，因为有东西一直挤他，一直挤到了早上。小伙子还是坚持住了。第二天早上，仙人们看他还活着，那个后母就想："看来这样弄不死他呀！"

最难的是第三个考验。晚上，他们把他放到一个陷阱里面，叫他在里面度过一个晚上。

"这下肯定会死！"后母想。黄鼠狼跑去找小伙子，然后坐在他眼睛上，让他不能睁眼看到任何东西。那里有什么呢？那里全是妖魔鬼怪，人无法想象。

等到天稍稍有点亮的时候，黄鼠狼几乎要从小伙子眼睛上掉下来了，小伙子差一点要变瞎。但是幸好没多久，黄鼠狼又坐了回去，然后小伙子一直幸存到天亮。

那现在会发生什么？他应该要去娶小仙女回家了，他怎么回家呢？这时候，他突然想起来自己这里有黄鼠狼的尾巴，他一手紧紧牵着仙女，一手握着它的尾巴，然后想着自己的家。

结果没一分钟，他就回到了家。他母亲正好在门口看着，因为她时时刻刻在等着自己儿子归来。当她看到儿子牵着一个美丽的姑娘，还带着许多东西站在门口的时候，她高兴地大叫一声，然后死了。

　　你想想小伙子的妻子是谁呀！小仙女抚摸了一下他母亲的脸，她立刻就活了。她拥抱、亲吻着自己的儿子，还有她的儿媳妇。他们非常快乐地活了很久，小仙女也不再哭泣，因为她喜欢和凡间的人一起生活。所有人都很喜欢她，因为她温和善良，乐于助人。他们生了一对小孩，每个人都夸奖小孩聪明伶俐。老妇人也越来越年轻。

　　小仙女再也没有哭泣过。有时候他们去草坪，看到仙女们跳舞歌唱，她也只是笑笑，因为她现在的生活更好，冷热凉暖，春夏秋冬，一无所缺。而仙女们只有玩具和大笑。

　　当然我也不知道这算不算更好的生活，毕竟每人看法不一样。今天的故事就到这里，如果明天你有时间的话，我就再讲一个别的。